Nachhaltigkeit liegt uns am Herzen.

Hergestellt in Deutschland
Gedruckt auf FSC®-Papier
Lösungsmittelfreier Klebstoff
Drucklack auf Wasserbasis

Natürlich
magellan

Rahlff • Hoffmann • Thamm • Fesler • Leser

Love – Fünf Geschichten über die Liebe

Rahlff • Hoffmann • Thamm • Fesler • Leser

Love

Fünf Geschichten
über die Liebe

magellan

Inhalt

Ruth Rahlff

Ein zerbrochenes Herz ist ein zerbrochenes Herz ist ein zerbrochenes Herz

1

Das Haus hockte da wie eine gewaltige Kröte aus Stein. Schmutziggrau. Behäbig. Finster im Herzen.

Im Großen und Ganzen sah es also ziemlich genau so aus, wie ich mich fühlte.

Mintgrün blätterte von den Fensterläden, die kleinen Farbreste standen vom Holz ab wie Stacheln. Die Tür war bloß angelehnt und ich schloss eine Wette mit mir ab. Mit Sicherheit würde sie quietschen, sobald ich sie auch nur mit einem Finger antippte.

Bevor ich den Wetteinsatz mit mir selbst ausgehandelt hatte, wurde sie von innen aufgestoßen – ohne irgendein Knarren, Knarzen oder sonstiges Aufmucken. Ich seufzte. Noch nicht mal darauf war Verlass.

Ein Mann kam die Treppenstufen herunter, sein Bart wallte bis auf die Brust, und er erinnerte mich an den Weihnachtsmann oder an die Typen auf den Covern von Dads Musikmagazinen – dazu passte auch sein Bauchumfang. Direkt hinter ihm schleppte ein Junge ein paar Farbeimer. Er war etwas älter als ich, siebzehn vielleicht? Jetzt erst bemerkte ich die Arbeitskleidung der beiden. Die Ärmsten. Bei dem Schuppen musste eine Renovierung die reinste Lebensaufgabe sein.

Der Junge lächelte mich schüchtern an und schob sich dabei mit dem Unterarm ein paar Rastazöpfe aus der Stirn, doch ich verzog keine Miene. Dafür fehlte mir die Energie, nach all dem, was in den letzten achtundvierzig Stunden passiert war.

Am Straßenrand parkte ein schmuddelig-weißer Lieferwagen, jemand hatte im Stil eines Graffitis »Alfred – Ihr Mädchen für ALLES« quer über die verbeulte Motorhaube gesprayt. Wenn das nicht vertrauenerweckend war.

Der Bärtige öffnete die Kofferraumtür und drehte sich um. »Jonah, die Eimer kannst du da reinstellen, die brauchen wir die nächsten Tage noch.« Er deutete auf eine windschiefe Hütte hinter den Mülltonnen und wandte sich danach an mich. »Wenn du Anna bist, dann habe ich eine Nachricht von deiner Tante für dich.«

Typisch Lola.

Irgendetwas musste er mir am Gesicht abgelesen haben, denn er grinste breit. »Keine Sorge, sie kommt gleich, sie ist nur kurz einkaufen. Du sollst schon mal reingehen und es dir gemütlich machen.«

Gemütlich? Das Wort brachte ich nun wirklich nicht mit dem schäbigen Kasten da überein, aber hier länger auf der Straße herumstehen wollte ich auch nicht. Also nahm ich meine Reisetasche und den Seesack und schleifte beides die abgetretenen Treppenstufen hoch ins Haus.

Das Erste, was mir auffiel, war die Temperatur. Wir hatten Oktober, ja, aber bisher war der Herbst mild gewesen, sogar sonnig. Das hier drinnen war dagegen die reinste Eishöhle. Ich fror sowieso schon ständig, doch jetzt nahm mir die Kälte fast den Atem. Bevor ich einen weiteren Schritt tat, ließ ich mein Gepäck fallen und zerrte den Reißverschluss der Tasche auf. Zum Glück lag der Wollpulli ganz oben. Dass ich den so schnell brauchen würde, hätte ich nicht gedacht. Allerdings: Wunderte es mich wirklich? Lola und sichere Erwartungen – das passte einfach nicht zusammen.

Zimmer für Zimmer erkundete ich das Haus. Es war genau so, wie ich es mir vorgestellt hatte. Flur, Küche, Speisekammer, Gästetoilette … In jedem Raum, den ich betrat, herrschte Chaos: Bücher, Leinwände, halb fertige Skulpturen, Behälter mit eingetrockneten Gipsmassen, getragene Klamotten, Meißel in jeder Größe. Und überall Baustellen! Links von der Haustür war ein offenes Wohnzimmer, dort standen Lolas altes Samtsofa und der Beistelltisch mit den Katzenfüßen inmitten unzähliger Umzugskartons und haufenweise Werkzeug. An einer Wand war der Putz abgeschlagen, doch niemand hatte sich die Mühe gemacht, die Mörtelteilchen auf den Holzdielen zusammenzukehren.

Von hier aus führte eine Treppe in einem Bogen nach oben, das Geländer war übersät mit geschnitzten Blütenranken, aber das Holz war grau und stumpf, es schrie geradezu nach einer Politur. Das Haus musste viel älter sein, als ich es zuerst angenommen hatte.

Im ersten Stock lag das Badezimmer. Drei Sprossenfenster gingen nach hinten hinaus zu einem verwilderten Garten, in dessen Mittelpunkt jemand eine verrostete Badewanne platziert hatte. Ich drückte die Stirn gegen eine der Scheiben. Bahnschienen trennten das Grundstück von dem Friedhof dahinter. Für so eine kleine Stadt schien er mir recht groß. Die Grabsteine und Statuen zogen sich über den gesamten Hügel bis zum Horizont, dazwischen wucherten unzählige immergrüne Hecken – wie ein Abschiedsgruß des Sommers in der trüben Nachmittagssonne.

Der Raum rechts neben dem Bad war riesig, mit einem gigantischen Kamin, der fast die ganze Wand gegenüber der Tür einnahm. Bis auf ein paar Plastikstühle und zwei Holzkisten war das Zimmer leer. Eine abgewetzte Blümchentapete schälte sich in Streifen von den Wänden, aber zwischen den Fetzen blitzte ein wunderschönes Meergrün hervor.

Ich atmete langsam aus und stutzte. Vor meiner Nasenspitze bildete sich ein seidenzarter Schleier und schwebte davon. Das konnte nicht sein. Wieder atmete ich ein und aus, heftiger als eben – diesmal war nichts zu sehen, ich musste mich getäuscht haben. Erleichtert – warum eigentlich? – wandte ich mich ab und betrat das Zimmer auf der anderen Seite des Flurs. Es passten gerade mal eine Kommode, ein schmaler Schrank und ein Bett hinein. Eine grob gehäkelte Wolldecke in Pink, Orange und Rot war achtlos über die Matratze geworfen, auf dem Nachttisch daneben stand ein Kärtchen. »Willkommen in Chymorgen, allerliebste Sim«.

Anscheinend hatte Lola gedacht, dass ich mich hier wohler fühlen würde als in dem Kaminsaal nebenan.

Ich zuckte mit den Schultern. Wo ich schlief, war mir egal. Hauptsache, ich hatte eine ruhige Ecke und die Bettdecke war groß genug, dass ich sie mir über den Kopf ziehen konnte.

Eine Stiege führte vom Flur hinauf ins Dachgeschoss. Ich steckte den Kopf durch die Bodenluke. Wahnsinn! Vor mir erstreckte sich ein Raum, dessen hintere Dachseite komplett verglast war. So viel Himmel und Licht und Weite … das hatte ich hier nicht erwartet.

Es war Lolas Atelier und zugleich ihr Schlafzimmer, denn in der Mitte stand ihr Himmelbett. Es roch nach Patschuli, so intensiv, dass es mir in der Nase kribbelte und ich niesen musste. Lola. Wo steckte sie eigentlich? Machte sie einen Großeinkauf? Die Mühe konnte sie sich sparen, seit zwei Tagen schmeckte sowieso alles nur nach nichts, ganz egal, was ich aß.

Bevor ich wieder nach unten ging, schaute ich mir noch einmal den Kamin an. Filigrane Stuckfiguren umrahmten ihn. Rings um die Feuerstelle tummelten sich feiste Engel, gelenkige Elfen mit anmutigen Flügeln und – ganz versteckt hinter einer angedeuteten Säule entdeckte ich ein Teufelchen; jedenfalls hatte das nackte Wesen einen Ziegenfuß und zwei Hörnchen, und sein winziges Glied reckte sich steil nach vorn.

Sachte fuhr ich mit dem Zeigefinger über den glatten Stuck und mit einem Mal kratzte es in meiner Kehle. Ich schluckte. Stück für Stück rutschte ich mit dem Rücken die Wand hinunter. Als mein Po die Dielen berührte, hockte ich mich hin und umfasste die Knie. Mir brannten die Augen. Warum weinte ich dann nicht? Ein paar Tränen, mehr wollte ich gar nicht, nur damit dieses Brennen endlich aufhörte. Ich wiegte mich vor und zurück, aber es fühlte sich fremd an, so als wäre ich bloß versehentlich in diesen Körper geraten und müsste alle seine Bewegungen erst lernen. Plötzlich gab die Wand hinter mir nach.

Ich fiel nach hinten und schrie auf. Neben mir bewegte sich eine Tür sachte im Luftzug. Sie war mit derselben Tapete überzogen wie der Rest des Zimmers, deshalb hatte ich sie auch nicht bemerkt. Hastig rollte ich mich herum und kam auf alle viere. Ich starrte ins Dunkel und schnappte nach Luft. Ein Hohlraum tat sich vor mir auf, eine kleine Kammer unter der Dachschräge. Es dauerte einen Moment, bis sich meine Augen an das dämmrige Licht gewöhnt hatten.

Die Kammer war leer. Kein Geheimgang, keine Schatztruhe voll mit Gold und Edelsteinen, kein Tarnumhang, der mich, einmal übergestreift, an jeden Ort der Welt bringen würde. Aber wo sollte ich auch hin? Es wäre ja sowieso überall das Gleiche.

Ernüchtert rappelte ich mich auf und wollte die Tapetentür gerade wieder zuziehen, da bemerkte ich noch etwas: einen schwarzen Fleck, rechteckig und dunkler als der Rest des Raums. War da vielleicht doch eine geheime Luke?

Ich zögerte, beugte mich schließlich vor und streckte die Hand aus. Ein warmer Hauch umfing mich. Woher kam der? Meine Fingerspitzen berührten etwas Hartes, fuhren über Holz, blieben hängen. Ein stechender Schmerz durchzuckte mich und ich riss die Hand zurück. In meiner Fingerkuppe steckte ein zentimeterlanger Holzsplitter. Mein Finger pochte und ein Blutstropfen quoll hervor.

Sobald ich mir den Splitter herausgezogen hatte, griff ich nach dem rechteckigen Ding.

Ich atmete erleichtert aus. Es war harmlos, nur ein Bild in einem massiven Holzrahmen. Jemand musste es hier vergessen haben. Was es wohl zeigte? Ich tippte auf einen Hirsch oder einen kitschigen Sonnenuntergang.

Als ich es umdrehte, erstarrte ich. Ein Blick aus dunklen Augen traf mich. Eine halbe Ewigkeit schaute ich das Bild an, ich konnte mich nicht davon lösen. Erst nach und nach nahm ich anderes wahr, ein Gesicht, Haare. Vorsichtig berührte ich den unteren Teil des Gemäldes. Es zeigte einen jungen Mann. Er stand vor einer Steinmauer und sein Kopf war leicht zur Seite geneigt. Sein Oberkörper war ein paar Zentimeter gedreht, so als hätte er nur kurz angehalten und als würde er sich in wenigen

Sekunden abwenden und davongehen. Wie er mich ansah! Als gäbe es nur mich, jetzt, in diesem Moment. Er war so lebendig, nur wie konnte das sein? Es war doch ein Ölbild.

»Anna? Bist du oben?«

Ich fuhr zusammen, fast hätte ich das Bild fallen gelassen. »Ja.« Meine Stimme war mir fremd und ich räusperte mich schnell. »Ich … ich bin hier oben. Im Kaminzimmer.«

Schritte erklangen auf der Treppe. Zwei Paar? Und dazu ein gleichmäßiges Klopfen.

Verwundert drehte ich mich um und da war sie. Lola. Sie lief geradewegs auf mich zu und schloss mich in die Arme. Wie immer duftete sie nach Patschuli, dazu kam heute noch ein Hauch Pfefferminze und der Geruch von Frittierfett. Als hätte sie meine Gedanken gelesen, löste sie sich von mir, schluckte ihren Kaugummi hinunter und lächelte. »Ich habe Falafel geholt. Die besten südwestlich von London.«

»Ich habe keinen Hunger.«

»Du musst wenigstens davon probieren.« Sie trat einen Schritt zur Seite und ein Mann hinkte ins Zimmer. Er trug blaugrüne Sneakers und stützte sich auf einen Gehstock. Sein dichtes weißes Haar reichte bis knapp über seinen Kragen, und er hatte jede Menge Falten, vor allem rund um die blauen Augen. Trotz seines Alters sah er ziemlich agil aus.

»Sieh mal, wen ich auf dem Heimweg getroffen habe. Mr Crawford. Ihm hat Chymorgen früher gehört.« Wie immer redete Lola so schnell, als wäre jetzt ihre letzte Gelegenheit zu sprechen. »Er lebt bei seiner Schwester und deren Familie, hinter dem Hügel.«

Mr Crawford verbeugte sich leicht in meine Richtung. »Sie wollen die Ferien bei Ihrer Tante verbringen? Großartig, über ein bisschen Unterstützung freut sie sich sicher.« Sein Blick streifte die dreckigen Plastikstühle und schweifte dann weiter, er schien das gesamte Durcheinander hier im Haus zu umfassen. Jedenfalls kam es mir so vor, aber Lola lachte nur vergnügt und wirkte nicht im Mindesten beleidigt.

»Ach, das Einrichten kommt mit der Zeit schon. Erst einmal ist mein neuer Auftrag dran.« Sie hustete, fasste schnell in eine Tasche ihres Kleides (rosarot mit gelben Tupfen) und holte ihren Püsterich heraus. So nannte sie das Asthmaspray. Sie nahm einen Hub und sprach dann nach einer kleinen Pause weiter. »Sie müssen wissen, Sim ist auch eine Künstlerin. Sie zeichnet wie ein Engel.«

»Ach ja?« Interessiert musterte er mich.

Ich schüttelte den Kopf. »Erstens übertreibt sie und zweitens habe ich es sowieso aufgegeben. Ich zeichne nicht mehr.«

»Was?« Lola wirbelte herum. »Unsinn! Wahrscheinlich brauchst du nur eine neue Richtung. Und du musst schleunigst diesen schrecklichen Henry vergessen. Lass dich hier inspirieren, dann läuft es wieder. In unserer Familie machen alle Kunst.«

Fast hätte ich laut aufgelacht. Stimmt, *Kunst* wurde in unserer Familie ganz großgeschrieben. Genauso wie *Liebe*. Aber mal ehrlich: In beidem waren wir völlige Versager: Dad, Lola und ich. Von Mum brauchten wir da gar nicht erst zu reden.

»Ihre Nichte klang aber sehr entschieden.« Mr Crawford deutete auf das Bild in meiner Hand. »Ist das von Ihnen?«

»Das?« Für einen Moment hatte ich das schwere Ding fast vergessen. »Nein … äh … das habe ich eben gefunden.«

»Darf ich mal sehen?« Bevor ich antworten konnte, nahm er es mir aus der Hand.

Beim Anblick des Bildes wurde er bleich, sein Gehstock rutschte ihm weg und knallte auf den Fußboden. Lola streckte den Arm aus und stützte ihn, als er schwankte.

»Entschuldigung.« Er hob die Armbeuge und hustete hinein.

»Ein Stuhl.« Sie sprang durchs Zimmer und zog einen der Plastikstühle heran.

Was war denn los mit ihm? Es war doch nur ein Bild.

Mr Crawford atmete schwer. »Entschuldigen Sie«, wiederholte er, »ich wollte Sie nicht erschrecken. Es war nur …« Er stockte.

Lola nickte ihm aufmunternd zu. Ich stöhnte innerlich. Warum nur musste sie die Leute immer so drängen? Wenn er etwas erzählen wollte, würde er es tun, und wenn nicht, war es auch okay.

»Dieses Bild habe ich viele, viele Jahre lang nicht gesehen«, sagte er leise. »Genauer gesagt, ich hätte nicht gedacht, dass es überhaupt noch existiert.«

Ich warf einen Blick darauf. In den Augen des jungen Manns – dunkelbraun, fast schwarz – glänzten zwei goldene Fünkchen. Wieder zog mich das Gemälde an, am liebsten hätte ich es Mr Crawford aus den Händen gerissen, doch natürlich beherrschte ich mich.

»Es ist ein entfernter Verwandter von uns. Neil.« Mühsam erhob er sich. Ich streckte die Hand aus. Er zögerte.

Wir sahen uns an, keiner von uns beiden wandte sich ab. Es war wie ein Duell, nur ohne Waffen, oder vielleicht kämpften wir auch einfach mit unseren Augen.

Schließlich seufzte er und gab mir das Bild zurück. »Passen Sie gut darauf auf.«

»Wollen Sie es nicht mitnehmen?«, fragte Lola überrascht. »Immerhin gehört es Ihrer Familie.«

Ich presste das Bild an meine Brust.

»Nein, nein, das ist vorbei. Geben Sie nur darauf acht. Neil … er starb viel zu jung.« Er humpelte zur Tür.

»Oh, und was ist mit den Skulpturen?«, rief Lola ihm verdutzt nach. »Sie wollten doch mal schauen, ob etwas für Ihren Wintergarten dabei ist. Leoparden habe ich gerade nicht, aber …«

»Gern ein andermal«, schnitt er ihr das Wort ab, lächelte jedoch dabei. Er tippte sich zum Abschied an die Stirn und verschwand.

2

Das Haus atmete, da war ich mir sicher. Es ächzte und knarrte, stöhnte und heulte. Und das lag nicht nur am Wind, der draußen an den Fensterläden rüttelte.

Wärmflasche, dicke Wollsocken und eine Extradecke von Lola … nichts davon half. Ich lag im Bett, starrte wie eine Motte das Licht der Straßenlaterne vor dem Haus an und fror. Mir war so kalt, dass ich nicht einschlafen konnte. Und meine Augen taten so weh.

Es war Stunden her, seit Lola und ich zu Abend gegessen hatten. Lola hatte sich noch mit mir unterhalten, ihre neuesten Skulpturen vorzeigen wollen, doch mir fehlte die Lust auf Gespräche. Bei der erstbesten Gelegenheit hatte ich mich in mein Zimmer verkrümelt.

Und nun lag ich hier, hellwach. Meine Augen brannten immer mehr und nichts half dagegen. Kein Reiben, keine Teebeutel und auch die Gurkenscheiben nicht, die Lola mir vorhin noch auf einer Untertasse auf den Nachttisch gestellt hatte. Eine Weile hörte ich ihr zu, wie sie oben telefonierte: mit ihrer besten Freundin, danach mit einem potenziellen Kunden, gefolgt von ihrem liebsten Kumpel und zuletzt mit Dad. Da wurde ihre Stimme leiser, sodass ich sie kaum noch verstand. Nur ab und zu drangen einzelne Satzfetzen zu mir herunter.

»Sie wird sich schon fangen, mach dir keine Sorgen. Jetzt ist sie erst einmal ein paar Wochen hier.«

Seufzen.

»Ach, du weißt ja, wie das ist mit zerbrochenen Herzen.« Ein Auflachen, dann kurz Stille.

»Ja, damit haben wir alle unsere Erfahrungen. Das Wichtigste ist doch, dass sie Abstand hat zu diesem Idioten. Jetzt mal was anderes. Sag, haben die *Flying Berserks* deinen Coverentwurf für ihre Platte genommen?«

Anscheinend hielt Dad nun einen längeren Monolog, denn es wurde wieder still. Ich warf mich im Bett herum und wartete, bis Lola das Gespräch beendete. Ein paar Augenblicke später löschte sie das Licht und der helle Streifen vor der Türschwelle verschwand.

Ich wartete noch ein wenig, dann stand ich auf.

Eigentlich hatte ich mir nur etwas zu trinken holen wollen, doch als ich die halb geöffnete Tür zum Kaminzimmer sah, blieb ich stehen. Kalte Luft strömte von den Holzdielen nach oben, streifte die Wollsocken entlang und kroch mir die Beine hoch. Ich bückte mich und rieb über mein Nachthemd, versuchte, die

Kälte zu vertreiben, aber vergeblich, also trat ich einen Schritt ins Kaminzimmer.

Hier war es dunkler als bei mir gegenüber, und ich wartete einen Moment, bis ich die Umrisse des Kamins wahrnehmen konnte. Draußen rollte ein Zug heran und für wenige Augenblicke erhellten weiße und rote Lichter den Raum. Die Tapetentür stand offen. Sollte ich? Etwas zog mich in die Kammer, doch dann war der Zug vorbei und es wurde wieder stockfinster.

Ich drehte mich um und tappte zurück in mein Zimmer, nahm das Handy vom Nachttisch und schaltete die Taschenlampe ein.

Kurz darauf betrat ich zögernd den winzigen Raum unter der Dachschräge. Das Bild lehnte noch an der Wand, natürlich, genau so, wie ich es nachmittags zurückgelassen hatte. Ich ließ mich im Schneidersitz davor nieder und hielt die Taschenlampe davor. Der Blick aus den dunklen Augen ließ mich sofort zusammenzucken. Ich wollte mehr wissen. Stück für Stück leuchtete ich den jungen Mann auf dem Bild an. Neil. Sein Name gefiel mir.

Er sah gut aus, mehr als das. Er war attraktiv. Das wuschelige dunkle Haar fiel ihm in die Stirn und einige Locken reichten bis zu seinen Augen. Der Mund war breit, mit vollen Lippen. Darüber ragte eine eher groß geratene Nase, sie wölbte sich ein klein wenig, fast wie bei einem Boxer. Es hätte ein Makel sein können, doch ihm verlieh es einen Hauch Verwegenheit.

»Du weißt, dass du gut aussiehst«, sagte ich leise, »aber es ist dir egal.«

Seine Augen funkelten mich an. Er wirkte unbekümmert, seine Mundwinkel waren ein klein wenig hochgezogen, so als schmunzelte er über etwas: ein Geheimnis, das nur er kannte.

»Ich wünschte, ich wäre auch wie du.« Ich zog die Knie an

und stützte meinen Kopf auf die Unterarme. »Du wirkst selbstbewusst, sehr sicher. Als ob dir alles offenstehen würde.« Dann fiel mir ein, was Mr Crawford gesagt hatte. Neil war nur für eine kurze Zeit der König seiner Welt gewesen. Bis etwas passiert war. Nur was? Bei nächster Gelegenheit musste ich Mr Crawford unbedingt danach fragen.

»Jedenfalls hoffe ich, dass du es gut gehabt hast. Dass dich jemand geliebt hat.« Ich musste lächeln. »Quatsch, die Frauen standen bestimmt Schlange bei dir. Männer wahrscheinlich auch.« Ich wippte mit den Füßen sachte auf und ab. »Ob ich das auch mal erlebe? Liebe … ich weiß gar nicht, wie das geht. Dabei sagen sie das ständig bei uns in der Familie, weißt du? Wie sehr wir uns lieben. Wie wichtig Liebe ist.« Ich lachte auf und erschrak im nächsten Moment. Weil ich zu laut gewesen war? Oder weil ich selbst gehört hatte, wie bitter das geklungen hatte? »Seitdem Mum weg ist, verteilt Dad seine Liebe hauptsächlich an die Bands und die Kunden in seinem Plattenladen. Für jeden hat er ein offenes Ohr. 24/7. Wirklich, selbst nachts stehen manchmal irgendwelche Metal-Typen mit Liebeskummer vor unserer Haustür. Nur um Frauen macht Dad einen riesigen Bogen. Sobald eine den Laden betritt und auch nur einen Hauch Interesse signalisiert, springt er hinter seinem Tresen in Deckung, als würde sie mit einem Maschinengewehr vor seiner Nase herumwedeln.«

Neils Mundwinkel bogen sich ein winziges bisschen weiter nach oben, aber das war natürlich nur Einbildung.

Ich gähnte. »Tja, war nett, mit dir zu plaudern. Ich glaube, ich haue mich jetzt hin. Wäre echt schön, mal wieder zu schlafen. Ich weiß schon gar nicht mehr, wie das geht.«

An der Tür drehte ich mich noch einmal um und leuchtete zurück. Diese Augen. Sie waren so warm. Fröhlich. Zuversichtlich. Hatte Neil denn nie etwas Schlimmes erlebt?

Doch, erinnerte ich mich.

Etwas schon.

Und das war dann gleich das Ende gewesen.

3

Am nächsten Morgen tobte Lola durch die Zimmer und kümmerte sich um tausend Dinge gleichzeitig: Sie räumte Kartons leer, rührte einen Pizzateig an, telefonierte zweimal mit dem potenziellen Kunden und dazwischen tat sie noch alles Mögliche andere. Nur um das Atelier machte sie seltsamerweise einen großen Bogen.

Gegen Mittag kamen Alfred und Jonah ins Haus. Wie gestern auch lächelte Jonah mir zu und verdrückte sich dann schnell in die Gästetoilette, wo er eine Tapetenbahn nach der anderen abkratzte, während Alfred mit verschränkten Armen im Türrahmen lehnte und ihn vollquatschte. Unter anderen Umständen hätte ich vielleicht etwas zu Jonah gesagt, aber ganz bestimmt nicht, solange Alfred in der Nähe war, also verzog ich mich nach oben in mein Zimmer.

Auf dem Weg zum Bett stolperte ich über den Seesack. Es raschelte, und das Geräusch erinnerte mich sofort an das, was darin war und was ich damit vorhatte.

Ich schluchzte auf und warf mich aufs Bett. Bilder stiegen in mir auf. Drei Tage war es jetzt her oder auch siebzig, vielleicht zweiundsiebzig Stunden. Stunden passten besser, denn jede einzelne kam mir vor wie ein einzelner schrecklicher Tag.

Warm war es gewesen und sehr hell; Letzteres hatte alles erst ausgelöst. Die Sonne war schuld, sozusagen.

Wir lagen auf der Wiese im Park, Henrys blonde Haarsträhnen kitzelten mich im Nacken und wie immer duftete er ein wenig nach Salz. Meerwasser, ein typischer Surfer eben. Das Telefon piepte, doch Henry rührte sich nicht, er war eingeschlafen. Und ich erwartete eine Nachricht von Lola, also griff ich nach dem Handy und berührte das Display.

Henry und ich hatten das gleiche Handymodell. Und nicht nur das, auch die Töne waren gleich, und wir hatten dasselbe Sperrmuster, eine Raute mit drei diagonalen Strichen – Henrys Vorstellung von Romantik. Er hatte es mir sogar aufgemalt, eingebettet in eine Skizze unseres Lieblingscafés. Seine Zeichnungen waren genial, und ich war dankbar, dass er mir in den vergangenen Monaten etliche seiner Tricks beigebracht hatte.

Sonnenstrahlen trafen auf den Bildschirm, blendeten mich, sodass ich halb blind den Messenger öffnete. Im nächsten Moment wurde mir klar, dass mir ein Fehler unterlaufen war: Henrys Handy, Henrys Nachricht. Ich starrte auf das Motiv, wischte weiter zum nächsten Bild. Eine Wolke kroch vor die Sonne und mit einem Mal sah ich alles ganz klar. Foto eins: blonder Surferhaarschopf auf cremeweißer Haut mit Bauchnabel. Foto zwei: ein Haufen messingroter Locken umrankten eine nackte Brust. Eine unglaublich perfekt geformte nackte Brust.

Mein kleiner Irrtum deckte Henrys großen Betrug auf.

Das dritte Foto machte ich. Unser Abschiedsfoto. Wir beide,

auf der Wiese im Park. In der viel zu warmen, viel zu grellen Herbstsonne.

Dann stand ich auf und ging.

Wie ich zu Lola gekommen war, weiß ich nicht mehr. Jedenfalls war ich jetzt hier, aber es war mir vollkommen gleichgültig. Ich hätte ebenso gut irgendwo anders sein können.

Als ich aufwachte, dämmerte es bereits. Ein lautes Scheppern hatte mich geweckt. Lola fluchte und klapperte wild in der Küche herum. Der beißende Geruch von verbranntem Teig stieg mir in die Nase. Das war es dann wohl mit der selbst gebackenen Pizza. Ich rollte mich auf die Seite und schloss wieder die Augen.

Später öffnete sich die Tür, und Lola fragte leise: »Hey, Kleines. Hast du nicht langsam mal Hunger? Wollen wir eine Pizza bestellen?«

Ich war zu benommen, um antworten zu können. Bevor ich etwas herausbrachte, nickte ich schon wieder weg.

Beim nächsten Aufwachen pochte es hinter meinen Schläfen, und mein Nacken war so verspannt, dass ich kaum den Kopf bewegen konnte. Im Haus war es ganz still, Lola musste längst schlafen gegangen sein.

Ich dachte an das Bild – Neil –, dann drehte ich mich auf den Rücken und stopfte mir das Kissen unter dem Kopf zurecht. So ein Unsinn! Nur weil ich gestern ein bisschen sentimental geworden war, hieß das noch lange nicht, dass ich mich jetzt jede Nacht mit einem Bild unterhalten würde! Ich war doch nicht verrückt. Mein Magen gluckerte leise und ich fühlte mich ein bisschen flau. Kein Wunder, meine letzte Mahlzeit war was gewesen? Das Frühstück? Aber ich war zu faul, um aufzustehen und mir unten noch etwas zu essen zu holen.

Ich drehte mich auf den Bauch. Ob mir das Bild auch heute so lebendig vorkommen würde? Bestimmt war das einfach nur Zufall gewesen oder es hatte an dem Durcheinander der letzten Tage gelegen.

Ich schaute an die Decke. Ein Auto näherte sich und malte mit seinem Scheinwerfer im Vorbeifahren Schattenbilder an die Wand. Das nächste Auto folgte kurz darauf, dann passierte eine ganze Weile lang gar nichts.

Ich seufzte und schlug die Decke zurück.

Unten in der Küche war es wie in einem Eiskeller, noch ein paar Minuten, dann würden meine Füße am Boden festfrieren. Aber noch war ich nicht so weit, dass ich auf Lolas Angebot einging, noch nicht! Die beiden flauschigen pinkfarbenen Flamingos beobachteten mich aus ihren glänzenden schwarzen Knopfaugen vorwurfsvoll vom Schuhregal aus, doch ich schüttelte den Kopf und ignorierte sie. Flamingo-Hausschuhe! Wenigstens einen Rest Würde wollte ich mir bewahren.

Lola hatte Pizza bestellt, also nahm ich mir das letzte Viertel und aß es kalt. Auf dem Weg nach oben schälte ich mir eine Banane.

Ich gähnte. Keine Ahnung, warum, aber ich war tatsächlich schon wieder müde.

Es knarrte leise, als ich über die Dielen schlich. Vor dem Eingang zum Kaminzimmer blieb ich stehen.

Es war so albern! Und dennoch … ich brachte es nicht fertig, das drängende Gefühl zu ignorieren. Mit festen Schritten durchquerte ich das Zimmer und blieb vor der Tapetentür stehen. Das Mondlicht war hell genug, sodass ich alles gut erkennen konnte.

Ich zögerte kurz, dann stieß ich die Tapetentür auf und hob den Holzrahmen hoch.

»Das wird jetzt aber nicht zur Gewohnheit!«

Ich trug es hinüber zum Kaminsims. Er war wie für das Bild gemacht: nicht zu schmal, nicht zu breit. Das Porträt stand dort, als wäre es schon immer sein angestammter Platz gewesen.

Im Mondschein wirkte die Steinmauer auf dem Bild düster und geheimnisvoll. Ich trat näher heran und erkannte weitere Details auf dem Bild, die mir vorher entgangen waren. Türme und Bäume, eine Straße mit Kopfsteinpflaster, einen Wasserspeier, der seinen riesigen Mund mit beiden Händen – nein, es waren eher Pranken – aufriss und einen Schwall grünlicher Flüssigkeit ausspie.

Gerade wollte ich wieder ins Bett gehen, da fiel mir noch etwas auf. Vorsichtig hob ich die Hand und strich mit den Fingerspitzen über die Ölfarbe. Sie war ein wenig kratzig und … leicht warm. Seit wann strahlte Farbe Wärme aus? Gab es so etwas überhaupt? Unsinn, davon hatte ich noch nie gehört. Wahrscheinlich lag es nur daran, dass der Rest des Hauses so kalt war, deshalb kam mir das Bild warm vor. Oder die Pizza war mir zu Kopf gestiegen. Aber ein klein wenig seltsam fand ich es doch.

»Schlaf gut«, sagte ich laut.

Neil schmunzelte als Antwort.

4

»Sim, hilfst du mir mal eben?« Lolas Stimme schallte durchs Treppenhaus.

Ich war gerade im Bad fertig geworden und ging mit nassen Haaren die Treppe hinunter.

»Das Finanzamt braucht irgendeine Rechnung, die sie noch mal prüfen wollen.« Lola küsste mich flüchtig auf die Wange. »Hilfst du mir beim Suchen?« Sie zeigte auf zwei große Pappkartons mit zerfledderten Deckeln.

»Hat die jemand angenagt?«

»Scherzkeks, nein.« Sie guckte besorgt. »Das hoffe ich jedenfalls nicht. Sie standen immer im Keller von der WG.«

Sie tippte den ersten Karton an und hob den Deckel, als sich im Inneren nichts rührte. »Oh. Mein. Gott.«

Ich folgte ihrem Blick. »Und das ist noch untertrieben.«

Der Karton war vollgestopft mit allen möglichen Zettelchen, fettigen Papieren und Notizheften. In dem anderen sah es natürlich genauso aus. »Was für eine Rechnung suchst du genau?«

»Na ja, es ist eher ein Anschreiben. An einen Lieferanten. War es für Gips? Ich erinnere mich nicht so genau.« Sie schob die Ärmel ihrer korallenroten Bluse hoch. »Also los, bringen wir es hinter uns.«

Zwei Stunden dauerte es, bis wir den Boden des ersten Kartons erreicht hatten. Nach der Hälfte des zweiten Kartons knickte Lola ein und verzog sich in ihr Atelier. »Ich schaue mal, ob ich nicht den Leoparden für Mr Crawford zustande bringe. Von den Einnahmen kann ich dann die Strafgebühr für die verlorene Rechnung oder das Anschreiben oder was es auch war, bezahlen, die mir das Finanzamt sicher aufbrummen wird.« Sie wusch sich die Hände im Spülbecken. »Hör du auch auf, Sim, du hast genug gemacht.« Sie küsste mich auf den Scheitel und verschwand.

Ich betrachtete den Karton. Nein, ich würde es zu Ende bringen. Vielleicht kam ich mir dann wenigstens für heute ein bisschen weniger nutzlos vor.

Also hielt ich durch und wurde mit dem vorletzten Zettel belohnt. Es war eine Rechnung von einem Farbenlieferanten. Die Summe stimmte mit dem Schreiben vom Finanzamt überein.

»Du bist fantastisch, Liebes«, jubelte Lola, als ich ihr den Zettel ins Atelier brachte. »Übrigens, dein Telefon hat ein paarmal gepiept, ich glaube, jemand möchte was von dir.«

Mit Dad hatte ich heute früh schon gesprochen, mit Lisa und Jackie auch – viel mehr blieben gerade eigentlich nicht übrig.

Ich ging nach unten, setzte mich auf den Plastikstuhl im Kaminzimmer und schaute aufs Telefon. Mein Herz setzte für zwei Schläge aus.

Henry! Fassungslos las ich die Nachrichten.

Hi! Entschuldige, dass ich mich melde. Aber es ist wichtig! Können wir kurz reden?

Okay, du bist immer noch sauer. Verstehe ich voll. Muss dich nur unbedingt sprechen!

Ich weiß, ich hab es vergeigt. Trotzdem. Miss you.

Schön, ich hab's kapiert, du willst keinen Kontakt. Aber ich muss unbedingt was wissen. Wegen deiner Zeichnungen …

Melde dich! Bitte! Professor Mortens hat angebissen. Ich habe ihm versprochen, dass er nächste Woche mehr davon sieht.

Miss you? Professor Mortens? Meine Zeichnungen? Melde dich? Während ich aufs Display starrte, brannten meine Augen wie Feuer. Ich rieb sie, aber es wurde nur schlimmer. Ich sah auf und blickte direkt in Neils Gesicht.

»Ich weiß, was dir durch den Kopf geht«, sagte ich halblaut. »Du denkst, sei doch froh, er macht es dir leicht, so ignorant wie er ist. Es geht ihm nur um sich!«

Bedrückt starrte ich auf die Zeilen. Hatten wir all die Monate in zwei komplett verschiedenen Universen gelebt? Was war los mit ihm?

Wieder sah ich auf. Neil schaute mich an. Mitfühlend irgendwie. Ich warf die Haare zurück. Es war so jämmerlich! Wie konnte man nur so am Boden sein, dass man schon Verständnis bei einem Bild suchte?

Ich stand auf und ging in mein Zimmer, holte den Seesack und schleppte ihn in den Garten.

Dort steuerte ich die alte Badewanne an. So verrostet die Wanne auch war, dicht hielt sie anscheinend noch, denn das Regenwasser darin reichte bis eine Handbreit unter den Rand. Ein paar verwelkte Rosenblätter schwammen auf der Oberfläche und natürlich jede Menge Laub.

Ich schöpfte die braunen Blätter ab, dann öffnete ich den Sack und holte die erste Zeichnung heraus. Mit dem Motiv nach unten legte ich sie ins Wasser und sah zu, wie sie leicht über die Oberfläche schaukelte. Nach ein paar Momenten fischte ich das Blatt heraus. Natürlich, das hätte ich mir denken können. Ich Idiotin! Nichts löste sich auf. Bleistift hielt ewig.

Ich setzte mich auf den Wannenrand und dachte nach. Klar, ich hätte alles in feine Schnipsel zerreißen können, doch das war irgendwie … zu simpel. Die Botschaft musste krasser sein. Unvergesslich.

Einmal war ich Henrys Professor begegnet. Ich hatte ihn vom ersten Moment an unsympathisch gefunden. Dieser Mortens würde die Zeichnungen bestimmt nicht in seine schmierigen Hände bekommen. Und Henry? Er wollte tatsächlich noch mit meinen Bildern angeben? Er hatte nichts kapiert, rein gar nichts. Ich schnaubte, dabei war mir viel eher nach Schreien zumute. Nur parkte leider in diesem Moment Alfred seine Blechbüchse vor dem Haus, also verkniff ich es mir.

Ich lief zu Lola ins Atelier und holte mir eine Dose mit irgendeiner blutroten Flüssigkeit, eine Plastiktüte, Klebeband und einen großen Pappkarton.

Sobald ich wieder bei der Badewanne war, griff ich in den Seesack und holte alle Zeichnungen heraus. Ich schmiss sie stapelweise ins Wasser, dass es nur so spritzte, dann schüttete ich das rote Zeug dazu. Wie eine Waschfrau walkte ich alles durch und bemühte mich dabei, nur ja nicht genau hinzusehen. Kein einziges Motiv wollte ich wiedererkennen, keine Erinnerungen aus ihrem leichten Schlaf holen!

Erstaunlich, wie lange das Papier durchhielt, doch dann endlich war alles nur noch ein matschiger Brei. Ich betrachtete die rote Masse. Das sollte reichen.

Sorgfältig füllte ich alles in die Plastiktüte. Hier und da erkannte man tatsächlich noch einzelne Bleistiftstriche – so war es perfekt. Selbst Henry würde schnallen, was er da vor sich hatte. Ich verschloss die Tüte, stopfte sie in den Karton, klebte ihn zu und schrieb seine Adresse darauf.

Als ich hochsah, bemerkte ich Jonah, der gerade durch die Terrassentür kam. Er öffnete einen großen Eimer Farbe und rührte darin mit einem Pinsel herum. Unsere Blicke trafen sich. Meine

Arme baumelten von meinen Schultern, als wären sie falsch angeklebt. Von meinen Händen tropfte rote Farbe.

Er nickte mir zu und verschwand mit dem Farbeimer im Haus.

Ich seufzte und machte mich daran, die Schweinerei in der Badewanne zu beseitigen.

5

»Ich weiß, es war kindisch. Aber es hat sich gut angefühlt.«

Neil musterte mich und schwieg. Ich saß vor dem Kamin, schaute zu ihm hoch und versank in seinen dunklen Augen. Zuerst hatte es sich peinlich angefühlt, doch dann war ich schließlich damit herausgerückt. Nachdem ich es drei Tage mit mir herumgetragen hatte, musste ich einfach jemandem von den Zeichnungen erzählen. Und Neil machte wenigstens keine verständnislosen Bemerkungen.

»Na ja, ›gut‹ ist vielleicht das falsche Wort.« Ich zögerte. »Aber wichtig, verstehst du?«

Seine Locke hing über die Stirn, endete knapp über den dichten, langen Wimpern. Am liebsten hätte ich sie berührt, sie zur Seite gestrichen, doch als mir das klar wurde, sprach ich hastig weiter. »Es war wie ein … wie ein Statement. Oder so was in der Art. Wie ein Beschluss.« Ich stöhnte. »Und die tun doch manchmal weh, oder etwa nicht?«

Jetzt sah er mich nur an, so als wolle er sagen: *»Hey, reg dich nicht auf, ich bin nicht der Feind. Ich frage doch nur.«*

Und das war genau der Grund, warum ich ihn so mochte, mit

jedem Tag mehr. Klar, er war nur ein Bild, und eigentlich war das alles völlig verrückt, aber trotzdem: Mit jedem weiteren Besuch kamen wir uns näher. Ich konnte hingehen, mich vor ihn setzen und einfach nur da sein. Er wollte nichts von mir, ich musste ihm nichts beweisen. Er hörte zu, strahlte Ruhe aus – und sah dabei auch noch verdammt gut aus.

Ich vergrub den Kopf in den Händen. Seitdem ich meine Zeichnungen vernichtet hatte, gab es kaum einen Tag, an dem es nicht irgendwo schmerzte. Ständig pochte es hinter meinen Schläfen oder spannte im Nacken oder mein Kopf drohte – in den schlimmen Momenten – auseinanderzuplatzen.

»Ja okay. Es tut schon weh.« Ich sprang auf und ging zu ihm hin. »Verdammt weh. Meine Zeichnungen! An einigen habe ich wochenlang gesessen. Die sind wie … wie ein Teil von mir.« Wir sahen uns an. »Nur gehört dieser Teil nicht mehr zu mir. Ich will ihn nicht mehr, verstehst du? Es war das Beste so.«

Und dann tat ich es doch.

Ich streckte die Hand aus und strich über sein Gesicht, über den Mund, die Lippen. Nur flüchtig, aber wieder kam mir die Oberfläche ungewöhnlich warm vor, irgendwie … lebendig.

»Sim! Sim, komm mal schnell!«

Lolas Stimme riss mich aus dem Moment und ich fuhr erschrocken zurück.

Lola schob ein Blatt Papier und einen Bleistift über die Tischplatte.

»Was ist das?«

Sie lachte. »So lange ist es doch wohl nicht her, dass du das benutzt hast.«

»Ich soll zeichnen?«

»Hey, das klingt ja so, als würde ich dich mit einer geladenen Knarre dazu zwingen.«

»Ich zeichne nicht.« Ich verschränkte die Arme, schlug die Beine übereinander und lehnte mich im Stuhl zurück.

»Ich brauche nur diesen verdammten Leoparden.« Hektisch sprang Lola auf und knallte mir ein paar Zettel hin. »Hier, sieht das aus wie ein Leopard? Das ist eine verfluchte Hauskatze geworden und das Ding mit dem Buckel da sieht aus wie eine Schildkröte. Daraus kann ich keine Skulptur machen!« Sie kniete sich neben meinen Stuhl. »Ich bitte dich nur darum, mir einen Leoparden zu zeichnen. Im Sitzen, im Stehen, ganz wie du willst.«

»Gib mir wieder einen Pappkarton mit schmierigen Zetteln oder lass mich den Dreck im Wohnzimmer aufsaugen …«

»Nein, nein, nein!«, unterbrach sie mich. »Ich will einen Leoparden!«

»Nimm ein Foto.«

Sie schnaubte. »Ein Foto! Da ist doch keine Seele drin!«

»Erzähl das mal den preisgekrönten Fotografen.«

Sie sah mich nur an, mit riesigen aufgerissenen Augen, und nun schob sie auch noch die Unterlippe ein kleines bisschen vor.

»Nein. Nein!«

»Bitte!«

»Ich mache fast alles für dich. Wirklich. Aber ich werde nicht zeichnen.«

6

Die Oktobersonne tauchte alles in leuchtende Farben. Das Grau der vergangenen Regentage war wie weggewischt, und als es Mittag wurde, waren auch die letzten feuchten Stellen im Gras und auf den Blättern der Büsche und Bäume trocken geworden.

»Genau das richtige Wetter für ein … Picknick.« Ich biss mir auf die Lippe. Fast hätte ich »romantisches Picknick« gesagt, aber das war mir dann doch in der Kehle stecken geblieben. Andernfalls hätte ich mir auch ernsthaft Gedanken um mich gemacht.

So aber war alles noch in bester Ordnung.

Behutsam rückte ich das Bild ein wenig zurecht, bis es fast aufrecht am Grabstein lehnte. »Jetzt blendet dich die Sonne nicht mehr.« Ich tauschte einen Blick mit Neil aus und musste lachen. Zum Glück waren wir in der hintersten Ecke des Friedhofs. So wie die Gräber ringsum aussahen, verirrte sich hier garantiert keiner hin. Das war eigentlich schade, denn die kleine Lichtung mit dem Ring aus halbhohen Bäumen war wunderbar verwunschen. Kleine blaue, fuchsiafarbene und violette Herbstblumen wuchsen zwischen den moosbewachsenen Steinen und nahmen ihnen das Düstere.

»Weißt du, so verrückt bin ich gar nicht.« Ich nahm mein Smartphone aus der Tasche. »Die anderen Mädels schleppen das ständig herum und gucken sich andauernd die Fotos darin an.« Ich steckte es wieder weg. »Ich bin gerade einfach nur analog unterwegs, das ist alles. Jeder trägt doch etwas bei sich, das ihm etwas bedeutet.« Ich lehnte mich gegen einen Grabstein und zog den Rucksack zu mir heran. »Wir können ja beide nichts dafür, dass du etwas unhandlicher bist.« Dann holte ich einen Glasbehälter heraus. »Und nun zum Picknick. Gestern habe ich im Garten die letzten Himbeeren entdeckt. Es sind späte Sträucher, Lola sagt, die tragen selbst im November noch Früchte.«

Die roten Beeren sahen zauberhaft aus auf dem grünen Moos. Im Mund zerplatzten sie butterweich, wie winzige Seifenblasen.

Ein kleiner Vogel setzte sich ein paar Meter weit entfernt auf die Flügelspitze eines steinernen Engels und fing an zu trällern.

»Früher haben mir Friedhöfe Angst gemacht. Ich weiß gar nicht, warum. Hier finde ich es eigentlich ganz schön. Es ist so grün und so friedlich.« Ich ließ einen Marienkäfer über meine Fingerspitze laufen. Er breitete seine Flügel aus und hob ab, kreiste über den Himbeeren, bevor er sich dann auf Neils Nase setzte. Ich kicherte. »Kitzelt das?«

Ein feiner Sonnenstrahl schien auf seine Haare, die hier im Tageslicht viel heller wirkten.

Am liebsten hätte ich ihn umarmt. Ein Picknick mit einem Freund, das hatte ich mir schon immer gewünscht. Zeit zusammen verbringen, einfach abzuhängen. Mit Henry hatte das nie geklappt, der war immer beschäftigt. Die eine Stunde im Park neulich war das erste Mal gewesen, dass wir so etwas gemacht hatten. Und das war dann gleich komplett schiefgegangen!

Ich legte mich ins Gras und schaute in den Himmel. Es war schön, einfach hier zu sein. Weit weg von allem. Und keine bösen Überraschungen. Mum. Henry. Wirklich, für dieses Jahr war das mehr als genug.

Ich musste eingenickt sein. Noch bevor ich die Augen öffnete, spürte ich, dass ich nicht allein war, abgesehen von Neil natürlich.

Nicht weit von mir bemerkte ich ein Paar roter Sneakers, knapp daneben ragte ein glatt polierter Holzstock zwischen den Grasbüscheln und Herbstblumen heraus. Schnell richtete ich mich auf.

Mr Crawford! Er saß ein paar Meter von mir entfernt auf einer steinernen Bank und ließ den Blick über den Friedhof schweifen.

»Kommen Sie öfter hierher?«, fragte ich verlegen.

Er nickte. »Es ist ein schönes Plätzchen, nicht wahr?«

»Ja, das finde ich auch.«

»Haben Sie sich schon ein wenig eingewöhnt?«

Ich brauchte einen Moment für die Antwort, denn auch wenn es in letzter Zeit öfter vorkam, hatte ich mich immer noch nicht daran gewöhnt, dass jemand mich siezte. »Ja, ein bisschen.«

»Hm-hm.«

Plötzlich hob er den Stock und wies mit der Spitze auf Neils Gesicht. Ich erschrak, denn ich hatte die Bewegung nicht kommen sehen.

»Und was ist das?« Seine Stimme klang streng.

Ich schluckte. Sollte ich darauf antworten? Rechenschaft war ich ihm nicht schuldig, schließlich hatte er Neil uns überlassen.

Er senkte den Stock, aber wandte seinen Blick nicht ab. Irgendetwas musste ich sagen, er schien nicht der Typ, der so leicht lockerließ.

»Nur ein kleiner Ausflug in die Herbstsonne.« Ich zupfte eine Blume ab und dann das erste, winzige Blütenblatt. »Es regnet ja nicht. Bestimmt tut ein bisschen frische Luft dem Bild gut.«

»Anna.« Mr Crawford beugte sich auf der Bank vor. »Darf ich Sie so nennen?«

»Geht klar.«

»Anna, lassen Sie uns offen sprechen, in Ordnung?«

Ich nickte kurz und knetete meine Finger. Hier saßen wir, mitten auf einem Friedhof, mit einem Ölgemälde von jemandem, der schon sehr lange tot war. Wir kannten uns nicht, aber redeten miteinander, als … ach, ich wusste es auch nicht! War das nicht alles vollkommen absurd?

»Ich verstehe Ihre Faszination für das Bild«, sagte Mr Crawford, und nun klang seine Stimme gar nicht mehr so alt und knarzig. »Glauben Sie mir, das sage ich aus eigener Erfahrung.«

»Ehrlich?« Überrascht starrte ich ihn an.

Er breitete die Hände aus. »Neil stand viele Jahre lang in meinem Arbeitszimmer.«

»Wirklich?« Das hatte er bei unserer ersten Begegnung gar nicht erwähnt.

»Ja, seine Gesellschaft ist äußerst anregend. Offensichtlich haben Sie es auch schon bemerkt. Er hört zu, finden Sie nicht? Und zwar so … aktiv.«

Ich nickte. Ich wusste genau, wovon er sprach.

»Und er sieht gut aus, ja, das fand ich auch immer.« Jetzt stocherte er mit der Spitze seines Spazierstocks in der Erde herum. »Seine Ausstrahlung …« Er brach ab, rieb sich mit der Hand über das Gesicht. »Er muss unglaublich charismatisch gewesen sein.«

»Warum ist er so jung gestorben?«

Er runzelte die Stirn. »Es war ein Unfall. Sehr tragisch.«

Mehr sagte er nicht dazu, also hakte ich sofort nach. »Was ist denn passiert?«

Zuerst dachte ich, er würde nicht antworten, denn er presste die Lippen zusammen und sein Gesicht wirkte plötzlich wie eine Maske, ganz starr.

»Er wurde eines Morgens gefunden«, fuhr er dann doch widerwillig fort. »Ganz in der Nähe des Hauses. Offenbar hatte ihn ein Blitzschlag getroffen.«

Wie furchtbar. Eine Gänsehaut überzog meine Arme und trotz der Wärme fröstelte ich mit einem Mal. Scheu warf ich Neil einen Blick zu, doch natürlich sah er aus wie immer … heiter und froh.

»Entsetzlich, wirklich.« Mr Crawford seufzte. »Jedenfalls – und das ist selten, vielleicht haben Sie das bereits festgestellt, auch wenn Sie noch so jung sind – Neil war, so glaube ich, ein sehr glücklicher Mensch.« Er lächelte und dabei sah er fast zärtlich aus.

»Das ist schön«, flüsterte ich.

Er nickte. »Trotzdem ist es nicht ungefährlich. Seine Aura, wissen Sie? Es ist nicht gut, wenn Sie zu oft mit ihm sprechen.«

»Aber warum? Es hilft, mit ihm zu reden, das haben Sie doch eben selbst gesagt.«

Er sah mir in die Augen. »Ich hätte Sie besser gleich warnen sollen, ich wusste ja, was das Bild anrichten kann. Aber irgendwie dachte ich …« Er schwieg einen Moment. »Sie sind noch so jung, und es ist eine andere Zeit, all diese Technik, wissen Sie? Jedenfalls war ich mir sicher, dass er auf Sie gar keine Wirkung haben würde.« Er atmete geräuschvoll aus. »Offensichtlich habe ich mich geirrt.«

»Was meinen Sie denn? Welche Wirkung?«

»Nun, wie oft gehen Sie zum Bild? Wie oft sprechen Sie mit ihm?«

Ich fuhr zusammen. Wie konnte er das wissen?

Er nickte, so als wäre ihm meine Reaktion Antwort genug. »Es wird mehr werden, ganz sicher. Und irgendwann kommen

Sie nicht mehr von ihm los, tun keinen Schritt mehr allein. Sie müssen sich davon lösen, solange noch Zeit ist! Glauben Sie mir, ich habe es zu spät realisiert, viel zu spät.«

Das war doch alles völlig übertrieben! »Und selbst wenn, was wäre so schlimm daran? Dann spreche ich eben mit ihm.« Ich hörte selbst, wie trotzig das klang.

»Wir müssen unser eigenes Glück suchen.«

Fast hätte ich ihn nicht gehört, so leise hatte er gesprochen.

»Kann ja sein, aber Neil hilft mir dabei.«

Er schüttelte den Kopf. »Verstehen Sie doch, ich will Sie nur warnen. Lassen Sie ihn los. Bitte. Bevor es auch bei Ihnen zu spät ist. Sie haben Ihr ganzes Leben noch vor sich!«

»Das verstehe ich einfach nicht.« Ich sprang auf und umrundete den Grabstein, blieb neben Neil stehen. »Wollen Sie ihn wiederhaben, ist es das?«

»Nein, nein, auf gar keinen Fall. Hören Sie, ich will Ihnen wirklich nur helfen. Trennen Sie sich von ihm. Verschenken Sie ihn, geben Sie ihn weg, in ein Museum meinetwegen. Dorthin, wo Sie ihn nicht immerzu sehen können.«

Ich verstand überhaupt nichts mehr. Er wollte das Gemälde nicht, aber ich sollte es auch nicht haben? Ich sah Neil an. Jetzt sollte ich dieses schöne Bild weggeben? Es war doch nur ein Bild.

Ich atmete tief aus. »Möchten Sie eine Himbeere?«

»Ich dachte schon, Sie fragen nie.« Sorgfältig wählte er eine große, pralle Beere aus, roch daran und steckte sie sich in den Mund. »Richten Sie Ihrer Tante etwas aus?« Mühsam erhob er sich von der Bank. Der Stock zitterte leicht, als er sich darauf stützte.

»Natürlich.«

»Sie soll sich keine Umstände wegen des Leoparden machen.«

Er lächelte fein. »Ich finde ganz sicher ein anderes Tier. Sie macht sehr schöne Raben.«

»Ja, in Ordnung.« Zu spät. Das würde Lola nicht trösten. Jetzt hatte sie sich den Leoparden in den Kopf gesetzt und würde so lange daran arbeiten, bis sie mit dem Ergebnis zufrieden war. Und dann würde der Leopard bei Mr Crawford einziehen, selbst wenn der längst lieber eine Spinne oder irgendetwas ganz anderes aufstellen wollte.

»Denken Sie noch einmal über das nach, was ich Ihnen gesagt habe. Dank Neil habe ich viele richtige Entscheidungen getroffen, das ist wahr. Aber die großen Abzweigungen, die müssen wir selbst nehmen, dabei kann uns niemand helfen. Und das war mein Verhängnis.«

Er überquerte die Lichtung und verschwand zwischen den Büschen. Viel schneller, als ich es erwartet hatte.

7

In den folgenden vier Tagen lag Regen in der Luft, doch mehr passierte nicht. Eine schwere Wolke nach der anderen zog über das Haus hinweg und mit jeder Stunde wurde das Licht grauer und düsterer. Wenigstens passte das zu meiner Stimmung. Vorhin war die letzte Nachricht von Henry gekommen. Er hatte sich noch ein paarmal bei mir gemeldet, dann war endlich Funkstille gewesen. Anscheinend hatte ihn jetzt mit Verspätung das Paket erreicht. Seine Reaktion war ein Foto des Inhalts. Echt jetzt?

Auch darauf hatte ich nicht geantwortet. Denn inzwischen

war ich mir nicht sicher, ob das wirklich so eine gute Idee gewesen war. Jetzt tat es nur noch mehr weh, ein doppelter Verlust – Henry und meine Bilder.

Unten waren Alfred und Jonah im Haus beschäftigt und so langsam sah man erste Fortschritte.

Gerade rückte ich Neil ein wenig zurecht, nachdem ich seine Oberfläche mit einem weichen Tuch abgestaubt hatte. Anfangs hatte ich bei jedem Klingeln ängstlich zur Haustür geguckt, denn ich befürchtete, Mr Crawford könnte wiederkommen und Neil doch noch für sich zurückfordern. Aber anscheinend hatte er die Wahrheit gesagt und langsam entspannte ich mich.

Zuerst hatte ich noch versucht, ein wenig seltener bei Neil hereinzuschauen, vielleicht nur kurz vor dem Schlafengehen und sonst nicht. Aber das klappte alles andere als gut, und schnell gab ich den Versuch wieder auf – wir hatten uns einfach viel zu viel zu erzählen. Und dann diese Kälte im Haus! Nur wenn ich bei Neil im Kaminzimmer war, spürte ich sie nicht. Und das, obwohl der Kamin noch nicht einmal brannte.

Ich schüttelte das Staubtuch aus. Hinter mir hörte ich Schritte auf dem Flur. Schwere Schritte, aber nicht so wuchtig wie die von Alfred.

Ich drehte mich um. Jonah stand im Türrahmen und lächelte scheu. »Bis morgen.«

Ich lächelte zurück. Große Worte machte er nicht, aber vielleicht war das auch nur natürlich, wenn man seine Tage mit Alfred verbrachte. »Bis dann.«

Er hob die Hand und wandte sich ab.

»Hey, warte mal.« Ich durchquerte den Raum und blieb vor ihm stehen. »Darf ich?«, fragte ich und hob die Hand.

»Ja.« Er schaute verwundert, lachte dann aber, als ich ihm einen hellblauen Lacksplitter aus den schwarzen Zöpfen pflückte und vor die Nase hielt. »Danke.«

Ich sah ihm nach, als er rausging.

Sobald seine Schritte verklungen waren, holte ich das Staubtuch vom Kaminsims. Ein warmer Luftzug streifte mein Gesicht. Ich stellte mich auf die Zehenspitzen. Schaute direkt in die dunklen Augen mit den goldenen Fünkchen. Neil.

Nie würden wir in derselben Welt leben, immer getrennt sein – wie ein Schlag traf mich diese Erkenntnis. Wir hatten keine Chance!

Aber ging das nicht einer Menge anderer Leute auch so?

Ohne nachzudenken, rückte ich noch näher an ihn heran und berührte seine Lippen. Ich schloss die Augen und spürte etwas. Ein Atemzug? Ein Hauch Leben? Sicher war das nur meine Einbildung, doch kurz nur, ganz kurz, wollte ich ihm nah sein, ganz dicht bei ihm.

Wieder näherten sich Schritte auf der Holztreppe, dann hörte ich Lolas Stimme. »Anna? Bist du oben?«

Erschrocken riss ich den Kopf zurück, dabei blieb ich mit den Haaren am Holzrahmen hängen, und es ziepte kurz.

Lola kam jetzt über den Flur. »Gehst du mit mir auf den Markt?«

Eine Haarsträhne von mir war am Bild hängen geblieben, sie reichte vom Rahmen aus quer über die Leinwand, bis zu Neils Mund.

Es sah aus, als würde er mit den Lippen mein Haar berühren.

Meine Augen brannten, mehr als je zuvor.

8

»Anna. Anna, ich bin es, Neil. Wach auf.«

Die Stimme war so nah, als würde jemand auf meiner Bettkante sitzen. Ich lächelte mit geschlossenen Augen, drehte mich auf die Seite und zog die Knie an. Mein Hals fühlte sich rau an, und ich räusperte mich, davon wurde ich halbwegs wach. Noch ziemlich benommen, quälte ich mich hoch und schaltete die Nachttischlampe ein.

»Anna!«

Die Stimme war tief und klang ganz weich, es fühlte sich fast wie eine Liebkosung an. Ich lehnte mich gegen das Kopfteil des Bettes und schloss die Augen. Neil. Zärtlich strich ich mit den Fingerspitzen über die Decke. Wäre da doch nur Haut und kein Stoff.

»Anna, steh auf!«

Mit einem Ruck fuhr ich hoch. Im selben Moment hörte ich von oben aus dem Dachzimmer ein Geräusch.

»Lola!«

Während ich zur Stiege lief, wunderte ich mich kurz, dass die Tür zum Kaminzimmer geschlossen war. Hatte ich sie gestern Abend nicht offen gelassen? Ich rutschte auf einer der Stufen in der Mitte aus, fing mich wieder und kletterte schnell weiter.

Lola kniete vor ihrem Bett und krümmte sich. Ihre Haut fühlte sich kalt und schwitzig an, als ich sie am Oberarm packte und hochriss.

»Ppp … Ppph …« Sie bekam einen Hustenanfall.

»Lola? Was ist denn los? Geht es dir nicht gut?«

Lola keuchte. »PÜ!«

Jetzt kapierte ich. Ihr Püsterich! Wo war er? Wann hatte ich ihn zuletzt gesehen? Gestern Abend, der Film, im Wohnzimmer, das Sofa …

Ich ließ sie los und kletterte die Stiege wieder hinunter.

Über mir polterte es laut, es hörte sich an, als wäre etwas Schweres umgestoßen worden, vielleicht eine der größeren Skulpturen. Oder als wäre Lola selbst gefallen.

Sie brauchte unbedingt das Asthmaspray! Ich hetzte über den Flur, die Holztreppe hinunter ins Wohnzimmer.

Meine Finger zitterten, als ich über die Lichtschalter fuhr und wahllos irgendwo drückte, doch der Strom musste ausgefallen sein oder ich erwischte nur die falschen Schalter, die, die immer noch tot waren, jedenfalls leuchtete keine einzige Lampe auf.

Langsam tastete ich mich zwischen den Kisten Richtung Sofa vor, stolperte über den Staubsauger und landete mit Gesicht und Oberkörper in einem weichen Polster. Hektisch befühlte ich den Samt, aber da war nichts, nur ein paar Kissen, Lolas Smartphone und ihre zwei alten Porzellanpuppen. In den Sofaritzen hatten sich Staubflusen und jede Menge Krümel angesammelt.

»Komm schon«, stieß ich zwischen den Zähnen hervor, »du bist hier irgendwo, das weiß ich.« Da – endlich! – fand ich das Asthmaspray tief in einer Ritze.

»Ich bin gleich bei dir! Lola? Bin unterwegs!«, schrie ich, während ich zu ihr zurückrannte.

Sie lag bäuchlings vor der Luke und röchelte. Ich packte ihre Hand, gab ihr das Asthmaspray und presste ihre Finger darum. Sie keuchte, dabei stieß sie ein Gurgeln aus, wie ich es noch nie gehört hatte. Ich wartete einige Sekunden und starrte ihr dabei ins Gesicht, bis ich mir sicher war, dass das verdammte Ding wirkte.

»Geht es wieder?«

Sie nickte. »Das ist mir noch nie passiert. Sonst habe ich immer genug Zeit, meinen Püsterich zu holen, wenn ich ihn brauche.«

»Anna. Du musst weg. Raus hier!«

Wieder war Neils Stimme so nah, als säße er direkt neben mir. Ich warf Lola einen Blick zu, doch sie schien nichts gehört zu haben. Neil war nur in meinem Kopf.

Als ich nach unten blickte, bemerkte ich im Flurlicht eine Bewegung, knapp oberhalb der Fußleisten. Ich stutzte. Grauweiße Rauchwölkchen quollen unter dem Schlitz des Kaminzimmers hervor. Was war denn da los? Jetzt erst registrierte ich, was Neil eben gesagt hatte. *Du musst hier weg.*

Ich schwang die Beine über die Luke und kletterte wieder abwärts.

»Anna, was ist denn?«, fragte Lola.

»Komm runter«, rief ich von der Stiege aus. Nach der Hälfte der Treppe verlor ich die Geduld und sprang. Beim Aufkommen rutschte ich mit dem Fuß weg und mein Knöchel knickte um. Es schmerzte, aber ich achtete nicht weiter darauf, sondern machte einen Satz auf die Tür zum Kaminzimmer zu.

Neil!

Hastig riss ich die Tür auf.

Zuerst konnte ich kaum etwas sehen vor lauter Rauch. Oben hörte ich Lola nach mir rufen.

Es brannte! Irgendwo dadrinnen musste ein Feuer ausgebrochen sein. Mir wurde schlecht. Neil! Wenn ich nichts tat, würde er verbrennen! Ich hustete und wedelte mit den Händen, um den Rauch zu vertreiben, der immer dichter wurde. Zwischen den Rauchschwaden sah ich Neil auf dem Kaminsims stehen. »Neil.«

Ich presste die Handflächen auf meine Brust und drückte fest zu, dabei versuchte ich, ganz flach zu atmen, doch irgendwie machte das alles nur noch schlimmer. Neil! Ich durfte ihn nicht dort drin lassen. Bis zum Kaminsims waren es nur wenige Schritte, nur ein Griff und dann wäre er in Sicherheit.

Wie eine Woge schlug mir der heiße Rauch entgegen, als ich über die Türschwelle trat. Und dann sah ich noch etwas. Licht. Kleine Flammen leckten unten an der Tapetentür.

»Nein!« Neil. Ich musste ihn rausholen. Ich musste ihn retten! Doch mit jedem Atemzug bekam ich weniger Luft, meine Kehle war vollkommen zugeschnürt und ich konnte gar nicht mehr aufhören zu husten. Einen Herzschlag lang zögerte ich, dann machte ich noch einen Schritt hin zum Kaminsims, wo er stand.

Hinter mir kreischte etwas, so schrill und hoch, dass es fast nicht mehr menschlich klang. »Siiiim.«

Der Rauch war beißend und brannte im Hals. Meine Augen tränten so, dass ich kaum mehr etwas sehen konnte, doch trotzdem ging ich noch ein Stückchen weiter, Richtung Kamin, hin zu Neil. Aber bevor ich ihn erreichte, schrie Lola: »Um Himmels willen, Anna! Dein Telefon! Ruf verdammt noch mal die Feuerwehr!«

Ich blieb stehen, und jetzt erst nahm ich die Geräusche um mich herum wahr, nicht nur Lolas Schreie, sondern auch die anderen. Es knisterte und knackte so laut, dass ich mir am liebsten die Ohren zugehalten hätte. Es war, als wäre das Haus plötzlich lebendig geworden. Als würde dieses Geschöpf nun Dreck und Moos und Steine von sich werfen.

»Anna, lauf weg. Verschwinde!«

Neil. Das war wirklich Neil, der da rief. Ich schüttelte mich und blickte mich um. Funken flogen mir entgegen. Jetzt faltete sich die Tapetentür unter der Hitze zusammen wie ein Stück Pappe in einem überdimensionalen Backofen. Ein Meer aus Flammen füllte die Kammer aus.

»Geh«, hallte seine Stimme in meinem Kopf. *»Geh!«*

Und ich drehte mich um, floh aus dem brennenden Raum. Ich rannte hinüber in mein Zimmer, wo Lola schon im Schein der Nachttischlampe nach dem Telefon suchte. Sie schwitzte, und jetzt erst fiel mir auf, wie warm es überall war.

»Hier!« Hektisch tippte ich auf dem Display herum, während sie mich weiterzog. Im Flur bekam sie den nächsten Hustenkrampf. Schweißtropfen liefen über ihr Gesicht, als sie nach dem Asthmaspray griff, dann sackte sie erschöpft auf dem Teppich zusammen.

Ich stammelte ins Telefon, bat um Hilfe und ließ es dann auf den Boden fallen. Neil! Vielleicht konnte ich ihn noch holen? Aber mit jeder weiteren Sekunde, die verging, wurde es unwahrscheinlicher, dass ich bis zum Kamin durchkam. Doch wie konnte ich ihn aufgeben? Ich biss die Zähne zusammen. Jetzt oder nie!

Lola röchelte leise.

»Lauf los«, rief ich ihr zu.

Sie gab keine Antwort.

»Lola, bitte. Ich muss nur noch schnell was holen.«

Sie hob den Kopf und versuchte, auf das Asthmaspray zu drücken, aber ihre Hände zitterten zu stark. Ich musste mich entscheiden. Lola oder Neil – allein würde sie es nicht schaffen.

Wir husteten beide und duckten uns vor der Hitze, die aus dem Kaminzimmer wallte. Ich hievte Lola hoch, zerrte sie weiter, denn vor lauter Husten konnte sie kaum noch selbst gehen. Als wir an der Tür vorbeikamen, sah ich auf.

Mittlerweile hatten die Flammen den Kamin erreicht. Neil stand an seinem üblichen Platz, umrahmt von pausbäckigen Engeln, den zarten Feen und dem Teufelchen. Und er leuchtete, strahlte wie nie zuvor. Ein letzter Blick in seine Augen – und ich wusste: Sein Lächeln galt mir, mir ganz allein.

Draußen heulten die Sirenen. Eng umschlungen stolperten Lola und ich die Treppe hinunter und aus dem Haus. Wir sanken auf den Bordstein und klammerten uns aneinander, bis wenige Minuten später ein Löschfahrzeug in die Straße bog.

Kurz darauf rannten uns mehrere Feuerwehrleute entgegen. Zwei von ihnen führten Lola und mich ein Stück weit weg auf den Bürgersteig, wo sich schon die ersten Schaulustigen versammelten. Ein junger Mann drängte sich zwischen ihnen hindurch und kam auf uns zu.

»Hier, zieh das über«, sagte Jonah und wollte mir seine Jacke umhängen. Ich protestierte ein wenig, denn mir war immer noch so heiß, dass ich mir nicht vorstellen konnte, jemals wieder zu frieren.

»Na, dein Nachthemd sieht ja auch fast wie ein Sommerkleid aus«, sagte Jonah gutmütig.

»Oh.« Rasch nahm ich ihm die Jacke aus der Hand und zog sie an.

»Was machst du überhaupt hier?«, fragte ich ihn.

Er deutete mit dem Kinn die Straße hinunter. »Kennst du den Deli an der Ecke?«

Ich nickte.

»Da wohne ich. Im Dachgeschoss.«

Er grinste schief.

»Bist du verletzt?«, fragte mich ein Sanitäter und legte mir eine knisternde goldfarbene Decke um die Schultern.

Ich schüttelte nur den Kopf.

Sein Kollege begleitete Lola zum Rettungswagen.

»Hey, ich fühle mich wie neu«, beschwerte sie sich und hustete.

»Ist klar«, erwiderte der Sanitäter, »wir checken Sie kurz durch, nur zur Sicherheit. Dann kann ich nachher beruhigt schlafen.«

»Tja, wenigstens einer von uns.« Lola seufzte und ging mit.

Die Feuerwehr brauchte gar nicht so lange zum Löschen. Zum Glück hatten die Flammen nur die Kammer unter der Dachschräge und das Kaminzimmer beschädigt.

»Weil Sie uns so früh Bescheid gegeben haben«, erklärte eine Feuerwehrfrau.

Ein anderer Feuerwehrmann nickte. »Ja, ein Kabelbrand kann verflixt gefährlich sein. Nur merkwürdig, dass …« Er zögerte.

Ich hob den Kopf. »Was ist merkwürdig?«

»Der Brandherd in der kleinen Kammer ist komplett frei von Elektrizität, und etwas anderes haben wir auch nicht gefunden«, murmelte er. »Na ja. Sie hatten Glück, dass sie aufgewacht sind. Manche kommen da nicht mehr heil heraus.«

Uns wäre es auch so ergangen, davon war ich überzeugt. Doch Neil hatte mich gewarnt. Er hatte mir das Leben gerettet. Und das vielleicht nicht nur heute.

Hinter meiner Stirn pochte es. Und was war mit ihm? Ich war nicht mehr rechtzeitig gekommen, er war verbrannt. Aber dafür hatte ich Lola gerettet. In gewisser Weise hatte ich mich also für das Leben entschieden.

Während Lola noch mit den Feuerwehrleuten sprach, ging ich

ein paar Schritte beiseite und betrachtete das Haus. Löschwasser rann die Stufen herab und die Fassade war rußgeschwärzt. Drinnen war bestimmt alles ruiniert vom Rauch und dem Wasser. Bis wir hier wieder wohnen konnten, würde es mit Sicherheit dauern.

»Wenigstens war das Zimmer so gut wie leer«, hörte ich Lola sagen.

»Fast leer«, sagte ich leise.

Jonah trat neben mich. »Das Bild hat dir viel bedeutet, nicht?«

Ich konnte nur nicken, dann fing ich an zu schluchzen. Mir kamen die Tränen, zum allerersten Mal seit … wie lange? Ich konnte mich nicht erinnern. Nun stand ich da, starrte auf das Haus, weinte und weinte.

9

Feine Schneeflocken rieselten aus den dicken grauen Wolken. Drüben auf dem Friedhofshügel juchzten Kinder. Kein Wunder, so selten, wie es schneite, war das für alle die Attraktion des Tages.

Auch Chymorgen sah viel heller und freundlicher aus, als ich es in Erinnerung hatte. Ob das an der Winterlandschaft ringsum lag oder daran, dass das Dach mit Schnee bedeckt war?

»Ich bringe schon mal unsere Taschen rein«, sagte Dad und öffnete die Kofferraumklappe.

Ich ließ den Blick durch den Garten schweifen. Ganz hinten auf dem Grundstück, in der Nähe der Bahnschienen, stand ein kleiner roter Bauwagen. Dort hatte Lola die letzten Monate verbracht, während Chymorgen vom Versicherungsgeld für den Feuerschaden renoviert wurde. Eigenartig, aber niemand hatte je herausfinden können, wie das Feuer überhaupt ausgebrochen war.

Dazu hatte ich meine ganz eigene Meinung, auch wenn ich nie mit jemandem darüber sprechen würde. Je mehr Zeit verging, umso überzeugter wurde ich. Neil hatte hinter all dem gesteckt. Klar, wissenschaftlich gesehen war das totaler Blödsinn. Trotzdem glaubte ich daran. Er hatte das Feuer ausbrechen lassen, wie auch immer, und mich damit gerettet. Er hatte sich geopfert, und zwar für mich.

Für einen Moment hatte ich Henrys Gesicht vor Augen. Ich wischte das Bild sofort aus meinem Kopf. Jemand wie Henry würde das sowieso niemals verstehen. Doch Neil hatte es getan. Damit ich seinem Bann entkam, damit ich ihm nicht länger verfallen konnte. Wer weiß, vielleicht hatte es auch damit zu tun, was Mr Crawford auf dem Friedhof zu mir gesagt hatte. Vielleicht hatte Neil verstanden, dass er loslassen musste? Auch das würde ich nie erfahren.

Ich straffte die Schultern und nahm meinen Seesack vom Rücksitz.

»Wir gehen schon mal rein.« Lola hakte sich bei Dad unter. »Komm du nach, wenn du so weit bist, Sim. Dann stoßen wir auf Weihnachten an und darauf, dass heute dein erster Ferientag ist.« Ihre Augen funkelten. »Ich bin so gespannt, was du zu den neuen Räumen sagst, besonders zum Kaminzimmer.«

»Hat Alfred wieder das Renovieren übernommen?«

Sie lachte und ihre Wangen wurden rot. »Ein wenig schon, aber diesmal hatte er auch Hilfe von professioneller Seite. Schließlich wohne ich bald nicht mehr allein. Demnächst zieht die erste Bildhauerin ein.«

Aus Chymorgen würde ein richtiges Künstlerhaus werden. All diejenigen, die sich mit ihrer Kunst nur gerade so über Wasser halten konnten, sollten hier ein Zuhause und einen Platz zum Arbeiten finden. Ich lächelte. Das hätte Neil bestimmt gefallen.

Neil.

Langsam ging ich auf das Haus zu. Es hatte mich einiges gekostet, über Neils Abschied hinwegzukommen. In gewisser Weise hatte es viel mehr geschmerzt als die Sache mit Henrys Betrug. Jeden Tag hatte ich den Blick aus Neils warmen dunklen Augen auf mir gespürt. Was hätte ich nicht dafür gegeben, sein Porträt wiederzubekommen, ihn nur noch einmal, ein einziges Mal wiederzusehen! Irgendwie hatte ich schließlich gelernt, damit zurechtzukommen. Neil war eine Erinnerung, ein Gefühl, eine Verbindung … was auch immer, richtig greifen konnte ich es bis heute nicht. Doch eins hatte ich inzwischen verstanden: Hier musste ich leben, genau in dem Augenblick, in dem ich gerade war.

Im Haus duftete es leicht nach Zitrone und Anis, ganz frisch, genau so, wie ich es mochte. Ein Topf mit Christrosen stand auf dem Fensterbrett meines kleinen Zimmers, die weißen Blüten streckten sich üppig in alle Richtungen. Ich setzte mich auf die Bettkante und blieb einen Moment lang, dann stand ich auf und überquerte den Flur.

10

Im Kaminzimmer roch es nach frischer Farbe, und die Sonne strahlte durch den neuen Erker, dort wo vorher die muffige kleine Kammer gewesen war. Auch die Temperatur hatte sich verändert, nicht nur hier, sondern überall im Haus. Trotz des Winters war die eisige Kälte gewichen, wohin auch immer.

Ich blieb auf der Schwelle stehen, und mein Blick huschte zum Kaminsims, doch natürlich war Neil nicht mehr dort. Zum allerersten Mal tat der Gedanke an ihn nicht mehr so weh. Es war okay, wie es war.

»Danke, für alles, wo auch immer du jetzt bist«, flüsterte ich, »ich hoffe, du hörst mich.«

Das Zimmer war völlig leer, nur im Kamin stand etwas. Neugierig trat ich näher.

Es war ein großes Stück weiße Tapete, eingerahmt von vier grob zusammengenagelten Ästen. In der Ecke rechts unten klebte ein Zettel.

»Abtönfarbe auf Raufaser, Dezember 20.., Anna«

Ich lächelte.

Hinter der selbst gezimmerten Leinwand standen ein paar Plastikflaschen mit Farbe, daneben lag ein Pinsel. Als ich die erste Flasche – Karmesinrot – aufschraubte, fiel etwas aus dem Deckel. Ein aufgerollter Papierfetzen, darauf war mit Kugelschreiber Jonahs Telefonnummer und sein Name gekritzelt.

Wieder musste ich lächeln. Würde ich ihn anrufen? Vielleicht. Aber jetzt war jetzt und nun würde ich malen.

Anne Hoffmann

Rot ist die unbequemste Farbe

1

»Hast du rote Boxershorts?«, frage ich.

»Was?«, erwidert Noah irritiert.

»Silvestertradition. Wenn du Liebesglück fürs nächste Jahr haben willst, musst du rote Unterwäsche anziehen.«

Noah runzelt die Stirn. Er sitzt tief in seinen Bean Bag gekuschelt und scrollt auf dem Handy. Das blaue Licht bringt seine fusseligen Haare zum Leuchten.

Ich gehe zur Kommode hinüber und öffne eine Schublade.

»Hey!« Noah springt auf. »Willst du ernsthaft meine Unterwäsche durchwühlen?«

»Äh …«

»Alter, Merlin, geht's noch?«

Ich lasse die Hände sinken.

Vielleicht hat Noah recht. Seine Boxershorts zu durchwühlen, geht wirklich zu weit. Ich wünsche mir nur so für ihn, dass er auch jemanden findet. Wir kennen uns schon ewig und ich habe Noah noch nie verliebt gesehen. Jetzt, wo ich verliebt bin, will ich mein Glück am liebsten mit der ganzen Welt teilen.

»Sorry«, murmle ich.

»Ey, manchmal frag ich mich, was in deinem Kopf passiert ist. Seit du Vin kennst, drehst du voll durch.«

Ich zucke mit den Schultern und grinse verstohlen.

Was soll ich machen?

Es ist nicht so, dass ich geplant hatte, mich in Vincent zu verlieben. Eigentlich war ich strikt dagegen. Alle stehen auf Vincent. Ich kenne mehrere Mädels, die ständig an ihm kleben und über seine Witze lachen. Ich habe keine Lust, Nummer achtundzwanzig in der Warteliste zu sein. Aber es ist einfach passiert.

Merle Müller-Fink. Neue Freundin von Vincent Kanowski.

Klingt doch gut?

Noah wirft sein Handy aufs Bett und seufzt. Er sieht frustriert aus. Mit verschränkten Armen steht er in der Mitte seines Zimmers.

»Was ist los?«, frage ich.

»Müssen wir heute wirklich auf diese Party?«

»Lena hat uns eingeladen. Sie zählt drauf, dass wir kommen.«

»Sie würde uns sicher nicht vermissen.«

»Was? Klar! Sie ist total nervös, weil die ganzen neuen Leute da sind. Wir müssen sie unterstützen, Noah! Das wird sicher lustig.«

Noah prustet. »Lena kommt klar. Sie wollte doch unbedingt neue Leute kennenlernen. Soll sie halt machen. Ich hab keine Lust darauf.«

Mein Lächeln verblasst.

Noah, Lena und ich sind seit der siebten Klasse fest befreundet. Lange gab es nur uns drei. Dann hat Lena Anfang des Schuljahres beschlossen, dass ihr unsere Gruppe zu klein wird. Sie ist der Meinung, dass wir neue Leute kennenlernen sollen. Noah hat von der Idee von Beginn an wenig gehalten. Er hat all diese Katastrophenszenarios heraufbeschworen: Was, wenn die neuen Leute so toll sind, dass wir uns nicht mehr genug sind? Was ist, wenn sich jemand verliebt? Was ist, wenn unsere Freundschaft dabei kaputtgeht?

Lena hat natürlich nicht auf ihn gehört.

Sie ist durch die Sozialstruktur unscrer Parallelklassen gerast wie ein Wirbelwind und hat mitgenommen, wer ihr in die Hände gefallen ist. Hat neue Leute zu unseren Treffen angeschleppt. Hat mir Vincent vorgestellt.

Tja, und jetzt haben wir den Salat: Ich bin verliebt.

2

Ich stehe vor Noahs Badezimmerspiegel und mache mein Make-up. Noah sitzt auf dem geschlossenen Klodeckel. Er hat seine schlaksigen Beine verschränkt und scrollt wieder auf dem Handy.

»Gibt's was Interessantes?«, frage ich und ziehe einen Lidstrich über dem linken Auge.

»Lena hat noch nicht geschrieben.«

»Nein, ich meine, auf deiner Seite da.«

Noah hat vor ein paar Wochen einen LGBTQIA+-Blog gefunden, der von Leuten in unserer Nähe betrieben wird. Seitdem redet er immer wieder davon, wie toll er die Seite findet. Und dass er ein Ally ist. Meistens wird er daraufhin rot und wechselt schnell das Thema.

»Nein, nichts«, erwidert Noah. Er räuspert sich, dann fügt er hinzu: »Was ist eigentlich mit dir? Äh – hast du rote Unterwäsche angezogen?«

Irgendwie kriege ich das Gefühl, dass er nur wieder ablenkt, aber ich will ihn jetzt nicht darauf ansprechen. Stattdessen ziehe ich den Träger meines BHs nach oben. »Yep. Alles in Rot. War extra noch mal mit Lena shoppen. Ich hatte nur so ein richtig altes Wäsche-Set mit roten Pferden drauf. Und Lena meinte, das zählt nicht. Anscheinend darf man bei Aberglauben kein Risiko eingehen.«

»Da hat sie ausnahmsweise recht. Den ollen Omi-Schlüpper hätte ich auch nicht genommen. Den hast du wirklich schon ewig.«

Ich muss lachen und werfe meinen Beautyblender nach Noah. Dann betrachte ich mich prüfend im Spiegel. Meine blonden Locken habe ich schon zu Hause mit dem Glätteisen bearbeitet, damit ich nicht aussehe wie ein zwölfjähriger Hobbit. Das Make-up vollendet die Transformation: Vor mir steht jetzt eine Sechzehnjährige mit verschmiertem Eyeliner und einem Selbstbewusstsein (jedenfalls von außen).

»Ich denke, ich bin zufrieden«, sage ich.

Noah achtet nicht darauf. Er starrt wieder aufs Handy und tippt. Plötzlich schallt Lachen durch die Lautsprecher.

»Was ist das?«

»Lena hat gerade gepostet«, erwidert Noah, während im Hintergrund Musik dröhnt und Menschen durcheinanderrufen.

»Hä? Hat die Party etwa schon angefangen?«

»Anscheinend.«

»Wir wollten doch mit ihr aufbauen.«

»Hat wohl andere Freunde dafür gefunden«, murmelt Noah.

Ich werfe den Eyeliner in meine Kosmetiktasche und drängle mich neben Noah auf den Klodeckel.

Auf seinem Handy läuft eine Reihe Insta-Storys, die Lena vor fünf Minuten auf ihrem Account hochgeladen hat: Ein Mädchen of Color mit rosa Braids lacht, ein Typ im Muskelshirt starrt leer in die Gegend, dann schwenkt die Kamera auf Vincent, der lässig eine Rauchwolke dagegen pustet.

Mein Herz macht einen Satz.

Das geht jetzt schon ein paar Wochen so. Sobald ich Vincent im Vorbeigehen sehe oder zufällig seinen Namen höre, explodiert etwas in mir. Wie eine Supernova mitten im Bauch.

Anfangs dachte ich, dass es an seinem Aftershave liegt. Es riecht nach Minze. Dann dachte ich, dass es an seinen Witzen liegt. Oder der Art, wie er seine Zigarette hält. Mittlerweile ist mir klar, dass es einfach an ihm liegt.

Ich stehe abrupt auf, ohne eine Ahnung, wo ich eigentlich hinwill.

»Lena hat versprochen, dass sie mich auf dem Laufenden hält«, sage ich.

Durch das Handy brüllt jemand: »Winnie!!«

Noah schaltet es rasch aus und steckt es in seine Hosentasche.

»Vielleicht hat sie es vergessen«, füge ich hinzu.

»Vielleicht«, sagt Noah.

»Ich rufe sie an.«

»Merlin, lass gut sein …«

»Nein. Dafür gibt es sicher eine Erklärung.«

»Wollen wir nicht einfach hierbleiben?«, fragt Noah. »Wir können ›Riverdale‹ gucken und uns über das Finale aufregen. Wir haben so viel Linsensuppe, dass es für drei ungarische Familien reicht.«

»Ich liebe unsere Netflix-Abende, Noah, aber heute ist der letzte Tag des Jahres, an dem ich Vin sehen kann.«

»So what? Es gibt auch ein nächstes Jahr.«

»Aber heute ist Silvester! Silvester ist ein besonderer Tag! Ich hab extra rote Unterwäsche gekauft!«

Noah seufzt. Er folgt mir wortlos, während ich in sein Zimmer zurückgehe und mein Handy aus der Tasche krame.

»Ich klär das«, sage ich und wähle Lenas Nummer. »Moment.«

Es klingelt endlos. Lena nimmt erst ab, als ich schon fast auflegen will.

Sie scheint keine Ahnung zu haben, wer überhaupt anruft, denn sie brüllt nur: »Wir sind total voll!«

»Was? Lena?«

»Oh. Merle?«

»Ja.«

»Hey. Ich dachte, du bist jemand anderes.«

»Läuft die Party schon?«

»Noch nicht so richtig«, antwortet Lena. »Also es hat gerade erst angefangen.«

»Äh, ich dachte, du wartest auf uns?«

»Wieso?«

»Na, keine Ahnung, wir hatten das so abgesprochen.«

»Echt? Sorry! Stella hat mir mit der Vorbereitung geholfen. Ich wusste nicht, dass euch das so wichtig ist. Ihr kommt doch aber noch, oder?«

»Äh …«

»Vin ist da.«

»Ich – ich weiß. Wir haben deine Story gesehen.«

»Oh.« Lenas Stimme ist abgehackt. »Gut.« Jemand spricht sie an und sie antwortet verschwommen und lacht.

Ich warte. Lena redet und redet.

Ich werde ungeduldig.

Meistens wenn ich ungeduldig werde, werde ich auch ein bisschen wütend.

Warum hat Lena nicht auf uns gewartet? Was wäre passiert, wenn ich nicht angerufen hätte? Hätte sie sich überhaupt gemeldet?

Ungarische Linsensuppe und Netflix klingen mit einem Mal gar nicht mehr so schlecht. Noah möchte mich immerhin hierhaben. Bei Lena bin ich mir gerade nicht mehr so sicher.

»Sorry.« Lenas Stimme wird wieder deutlicher. Ich höre das Klappern einer Tür, dann ist es plötzlich ruhig. »Das war Stella. Sie will Pizza bestellen. Okay, was hast du gesagt?«

»Nichts. Also. Nur … wir haben deine Story gesehen. Mit Vin und so.«

»Ach ja! Dann kommt rüber! Wir legen jetzt los! Vin wartet schon auf dich.«

»Das glaube ich nicht«, erwidere ich sofort, obwohl mein Magen dabei kribbelt. »Hat er das gesagt?«

»Äh, nee, nicht direkt. Aber ich wette, er will dich sehen. Kommt Noah eigentlich auch oder hasst er mich immer noch?«

Ich nehme das Handy für eine Sekunde vom Ohr und werfe Noah einen Blick zu. Er liegt auf seinem Bett, blättert missgelaunt in einem Buch und sieht absolut nicht aus, als wäre er in Party-Stimmung.

»Er hasst dich nicht«, sage ich schließlich. »Er ist nur – er ist nur nervös.«

»Redet ihr über mich?«, fragt Noah.

»Ach, das muss er nicht sein!«, erwidert Lena. »Hier sind alle supernett. Er würde sich total gut mit Yoshi verstehen.«

»Ich bin auch ein bisschen nervös«, gebe ich zu.

»Wegen Vin?«, fragt Lena.

»Ja. Keine Ahnung. Das mit der roten Unterwäsche war eine schlechte Idee. Ich fühl mich komisch.«

Ich greife geistesabwesend nach dem BH und ziehe ihn zurecht. Die Drahtbügel drücken unangenehm. Vielleicht habe ich ihn zu eng gestellt. Vielleicht sind meine Haare zu glatt und mein Gesicht zu komisch und – keine Ahnung. Vielleicht ist das alles einfach falsch.

»Merle, das war eine super Idee!«, ruft Lena. »Pass auf. Ihr macht euch jetzt auf den Weg und ich werde in der Zwischenzeit das Eis für dich brechen.«

»Was? Was soll das heißen?«

»Wirst du sehen.«

»Was? Nein! Was hast du vor? Willst du mit Vincent über mich reden oder was?«

»Lass dich überraschen«, sagt Lena und legt auf.

3

Noah und ich waren noch nie so schnell bei Lena. Sie wohnt eigentlich mehrere U-Bahn-Stationen von Noahs Wohnung entfernt, trotzdem sind wir fünfzehn Minuten später vor ihrer Haustür.

»Ich kann nicht glauben, dass sie einfach auflegt«, keucht Noah und schiebt sein Fahrrad in den Vorgarten von Lenas kleinem Reihenhaus. »Sie weiß doch, dass du dann austickst.«

»Hey!«, erwidere ich. »Was heißt hier austicken? Wenn Lena dich verkuppeln würde, wärst du genauso panisch.«

Noah antwortet nicht. Er wird rot und wendet sich ab. »Soll ich dein Rad mit meinem zusammenschließen?«, fragt er.

»Ja. Danke.« Ich nehme den Helm ab und ziehe meine Klamotten zurecht. »Ich geh schon rein und versuche herauszufinden, was Lena bei Vin angerichtet hat. Hoffentlich war sie subtil. Wenn sie ihm gesagt hat, dass ich auf ihn stehe, bring ich sie um.«

»Selbst wenn. Was soll schon groß passieren?«, brummt Noah. »Schlimmstenfalls steht er auch auf dich.«

»Schlimmstenfalls?«

»Vergiss es.«

Ich gehe stirnrunzelnd zur Tür und drücke die Klingel. Noah ist immer noch mit den Fahrrädern beschäftigt, als ich frage: »Was ist los mit dir? In letzter Zeit sagst du ständig solche Sachen.«

»Gar nichts«, erwidert Noah mit gesenktem Kopf.

»Hast du ein Problem mit Vin?«

»Oh mein Gott, nein. Er macht Poetry-Slam und sieht aus wie Harry Styles, als er noch lange Haare hatte. I get it.«

Ich will etwas erwidern, aber werde unterbrochen. Die Tür öffnet sich. Dahinter steht Vincent.

»Ihr seid nicht die Pizza«, sagt er.

Ich starre ihn an.

Er trägt einen Oversize-Pulli, hat seine Haare auf dem Kopf verknotet und eine Zigarette zwischen den Fingern. Ich weiß nicht, wie er das macht: Vin sieht auf eine Weise gut aus, als ob es ihm scheißegal wäre. Harry-Styles-mein-Arsch. Harry Styles hat ein Poster von Vincent über dem Bett.

»Ich wünschte, ich wäre eine Pizza«, sage ich.

»What?«, fragt Vincent.

Für ein paar Sekunden herrscht Stille. Dann prustet Noah los und biegt es in ein Husten um. Ich realisiere, was ich gesagt habe. Fuck. Das Gefühl sickert aus meinen Beinen. Irgendwo in meinem Hinterkopf funkt ein schwaches SOS-Signal.

»War nur ein Witz«, antworte ich und räuspere mich. »Hi. Merle. Und Noah. Du erinnerst dich?«

»Ja, klar! Merlin! Kommt rein!«

Vin dreht sich um und lässt uns nach drinnen.

Lenas Reihenhaus ist normalerweise sehr ordentlich. Ihre Eltern lieben alles im Landhausstil: Es gibt naturfarbene Möbel, Blumensträuße und Fake-Kuhmilch-Blechkannen.

Heute raucht es aus der Blechkanne im Flur. Anscheinend hat jemand seine Kippe hineingeworfen. Sowieso hängt ein dünner Rauchfilm in der Luft.

»Gute Party bis jetzt?«, frage ich.

»Mega«, erwidert Vin.

Mein Blick fällt auf einen Feuermelder, der auseinandergenommen auf der Kommode liegt.

»Nice«, sage ich.

»Wollt ihr was trinken?«

»Gerne.«

»Alles klar. Kommt mit.«

Wir gehen in die Küche, wo Vincent nach einer Flasche Tequila und einem Tetrapack Ananassaft greift. Er mixt uns zwei Drinks zusammen und gibt mir einen. Mein Herz klopft aufgeregt. Ich habe das Gefühl, komplett neben mir zu stehen und dabei zuzuschauen, wie ich nach dem Becher greife.

Vincents Blick trifft meinen.

Er lächelt.

Ich weiß nicht, was ich sagen soll, und trinke stattdessen einen viel zu großen Schluck.

»Hey, Noah, ich glaube, ich kenne deinen Bruder«, sagt Vin.

»Ach so?«, murmelt Noah, während er seinen Drink nimmt.

»Dominik Varga?«

»Ja, das ist mein Bruder.«

»Haha, was für 'n Zufall. Wir haben mal zusammen ein bisschen Urban Exploring gemacht. Jedenfalls bis er angezeigt wurde, weil er in den Spreepark eingebrochen ist.«

»Hm, ich erinnere mich. Meine Mutter war total sauer.«

»Immerhin konnt er ein paar gute Videos davon hochladen.«

»Kann sein.« Noah zuckt mit den Schultern. »Hat ihn sicher trotzdem nicht über die vier Wochen Hausarrest hinweggetröstet.«

Vincent lacht.

»Alter, jetzt nerv nicht, ich bin doch schon auf dem Weg!«, ruft jemand und lacht. Dann platzt mit einem Mal Lena in die Küche. »Oh.« Lena bleibt stehen. Ihr Blick wandert von Vin zu mir zu Noah. Ihre Augen beginnen zu strahlen. »Ihr seid ja schon da! Das ging fix!«

Lena umarmt mich fest.

Sie trägt einen hohen Zopf und ihre braunen Haare klatschen mir ins Gesicht. Sie riechen nach ihrem Lieblingsshampoo. Kokos und Vanille.

»Ich freu mich so!«, sagt sie.

»Ich mich auch«, erwidere ich, aber ein kleines bisschen sticht es in meinem Magen. Ich verstehe nicht, wieso. Alles ist, wie es sein sollte: Ich stehe neben Vincent Kanowski in der Küche und kralle mich an einen Drink, der durch seine Hände gegangen ist.

Als Lena Noah umarmt, sehe ich an ihm dasselbe kurze Zögern, das ich auch gespürt habe. Sobald sie ihn loslässt, senkt er schnell den Blick.

»Also!«, ruft Lena mit einem hölzernen Lächeln. Ich glaube, ihr ist Noahs Geste auch nicht entgangen. »Winnie! Du kennst doch meine besten Freunde, oder? Noah ist ein totaler Fantasy-Fan. Sein ganzes Zimmer ist voller Bücher. Und wusstest du, dass Merle richtig gut zeichnen kann?«

»Echt?«, fragt er. »Cool.«

Ich werfe Lena einen Blick zu.

Sie klingt, als wären wir ihre niedlichen Enkel, mit denen sie beim Kaffeeklatsch angibt. Nicht gerade der Eindruck, den ich vor Vincent machen will.

»Was zeichnest du so?«, fragt Vin.

Er lehnt sich dabei an die Küchentheke und saugt an seiner Zigarette.

»Äh. Kram. Nicht so wichtig.«

»Hä?« Lena stößt mich kumpelhaft an. »Hör nicht auf sie! Das ist kein Kram! Sie ist richtig gut! Zu meinem Geburtstag hat sie mir ein Filmposter von ›Umbrella Academy‹ gemalt. Du musst dir das angucken, es ist in meinem Zimmer –«

»Danke, Lena«, unterbreche ich sie. »Aber Vincent will das sicher nicht sehen.«

»Na ja, nachher vielleicht«, erwidert Vin. »Ich wollt eigentlich nur kurz die Pizza holen. Wenn nichts weiter ist, geh ich wieder zu den anderen.«

»Klar«, sage ich.

Vin lächelt und tippt sich mit der Zigarettenhand kurz gegen die Stirn. »Wir sehen uns später!«

Er tritt aus der Küche und lässt eine große Blase angespannter Stille zurück. Noah schaut immer noch überallhin, nur nicht in Lenas Richtung. Lena hat es aufgegeben zu lächeln. Sie seufzt und greift die Flasche Tequila.

»Was hast du über mich erzählt?«, frage ich.

4

Lena und ich stehen uns in ihrem Zimmer gegenüber wie zwei Gladiatoren.

»Ich hasse es, wenn du dich einmischst!«, rufe ich und drehe einen Kreis auf Lenas Ikea-Teppich. »Ich bin erwachsen! Du musst mir nicht helfen. Ich kann selber mit Vincent reden!«

»Bist du dir sicher?«, entgegnet Lena. »Es sah nämlich nicht so aus. Du verkaufst dich immer unter Wert. Was soll das heißen? Kram? Willst du nur dastehen und ihn anhimmeln? Sorry, dass ich deinem Ego einen Schubs gegeben hab.«

»Ja, herzlichen Dank, nichts ist besser fürs Ego als eine Freundin, die einen behandelt wie einen tapsigen Welpen.«

»Du bist unfair!«, erwidert Lena hitzig.

»Hast du ihm jetzt erzählt, dass ich auf ihn stehe, oder nicht?«

»Nein! Natürlich nicht! Ich hab nur gesagt, dass du dich darauf freust, ihn zu sehen. Und dass du – was Wichtiges mit ihm bereden willst.«

»*Was?*«

»Ich wollte dir halt eine Vorlage geben.«

»Bist du irre? Jetzt denkt er, ich will ihn nach einem Date fragen!«

»Du solltest ihn auch nach einem Date fragen!«

»Ja, aber doch nicht so! Jetzt – jetzt steh ich total unter Druck! Ich weiß nicht, was ich machen soll. Das Ganze ist so awkward!«

»Es ist überhaupt nicht awkward«, fängt Lena an, genau in demselben Moment, in dem Noah sagt: »Du musst Vincent nicht nach einem Date fragen, wenn du dich nicht wohlfühlst.«

Beide verstummen wieder.

Noah wirft Lena einen strengen Blick zu. Er sieht ein bisschen aus wie die Miniaturvariante eines alten Bibliothekars, der Lena dabei erwischt hat, wie sie in ein teures Buch kritzelt.

»Natürlich muss sie nicht, wenn sie sich nicht wohlfühlt, aber es würde ihr guttun, sich ein bisschen was zu trauen«, sagt Lena. »Du kennst Merle. Sie verknallt sich, sagt nie was zu dem Typen und implodiert in einer stillen Ecke. Das ist doch kein Zustand.«

»Und wer hat dich zur Liebes-Autorität ernannt?«

»Ach, komm schon, Noah! Jetzt sei nicht so.«

»Ich bin aber so!«

»Oh mein Gott, sorry, dass ich mich um das Wohlergehen meiner besten Freundin kümmere!«

»So ein Bullshit! Als ob es dir um Merle gehen würde! Du denkst nur an dich und bastelst dir hier deine eigene Soap. Sind wir dir zu langweilig geworden? Ich hab's echt satt. Was sind das überhaupt für komische Leute, die du eingeladen hast? Du kennst doch niemanden von denen!«

Lenas Gesicht versteinert. »Es sind sehr nette Leute, was du auch wüsstest, wenn du dir mal die Mühe machen würdest, mit irgendwem zu reden. Glaubst du, ich will meine gesamte Schulzeit nur mit dir rumhängen?«

Noah öffnet den Mund, sagt aber nichts, er gibt lediglich ein abgehacktes Geräusch von sich, als hätte man ihm auf den Brustkorb geschlagen.

»Das kam jetzt falsch raus.« Lena schaut gequält. »Ich meine nur, dass ich auch andere –«

»Ich versteh schon, was du meinst.«

»Nein, tust du nicht! Du erwartest von mir nur das Schlimmste!«

»Es ist auch schlimm, dass du Merle verkuppeln willst, obwohl sie ganz offensichtlich nicht bereit dazu ist.« Noah schüttelt heftig den Kopf. »Wisst ihr, was? Ich guck mir diesen Scheiß nicht länger an. Wenn es das ist, was ihr wollt, Partys und Dates und komische Typen, dann müsst ihr das ohne mich machen!«

»Noah!«, ruft Lena, aber er stapft schon aus Lenas Zimmer und schlägt die Tür hinter sich zu.

Lena wendet sich ruckartig ab. »So ein Idiot«, murmelt sie.

Ich weiß nicht, was ich darauf sagen soll. Noah ist schon immer sehr erwachsen gewesen. Keine Ahnung, warum. Er scheint einfach nicht dieselben Probleme zu haben wie der Rest von uns. Als die Jungs in der Achten mit ihren ausgedachten Blowjob-Erfahrungen prahlten, saß Noah bei uns und sagte: »Hoffentlich ist diese Phase bald vorbei.«

Lena dreht sich wieder um.

»Du musst nicht bleiben, wenn du nicht willst«, erklärt sie und drängelt sich an mir vorbei.

Bevor ich darauf antworten kann, öffnet Lena ihre Tür und verschwindet im Flur. Der Lärm aus dem Wohnzimmer schluckt ihre Schritte.

5

Silvester ist ein seltsamer Tag.

Einerseits freut man sich wochenlang darauf und stellt sich vor, mit Vincent Kanowski das Feuerwerk zu betrachten. Aber dann streitet man sich mit seinen besten Freunden und möchte am liebsten heulen.

Während ich Lenas Haus durchstreife, um Noah zu finden, merke ich, dass ich nicht die Einzige bin, die keine gute Zeit hat. Je näher der Jahreswechsel rückt, desto betrunkener werden die Leute um mich herum. Manche sehen traurig aus. Manche sind einfach furchtbar blass. Keiner davon ist Noah oder Lena.

Ich öffne die Tür vom Badezimmer.

Auf dem Badewannenrand sitzt der Typ mit dem Muskelshirt. Er hat seinen Kopf in die Hände gestützt. Das Mädchen mit den rosa gefärbten Braids sitzt neben ihm. Sie schaut auf.

»Sorry«, sage ich. »Ich wollte nicht stören.«

»Kein Ding«, erwidert sie.

»Habt ihr – äh – Noah oder Lena gesehen?«

»Nein.«

»Okay.« Ich will die Tür schließen, dann zögere ich. »Ist – ist alles okay bei euch?«

Das Mädchen nickt. Sie trägt Ankle Boots und einen kakifarbenen Jumpsuit und scheint die Einzige zu sein, die in diesem Haus noch emotional stabil ist.

»Sind nur meine Medikamente«, murmelt der Muskeltyp plötzlich. »Hab vor zwei Tagen eine neue Sorte angefangen. Ist anfangs voll der Abfuck.«

»Oh«, erwidere ich.

Der Typ reibt seine Nasenwurzel. Er hat krasse Augenringe. Ich dachte immer, Sportler sind zu fit für so was: Augenringe und Medikamente und Krankheiten. Vielleicht ist das auch Quatsch.

Ich trete unschlüssig auf der Stelle.

»Wie heißt du?«, fragt das Mädchen.

»Äh – Merle. Und – und ihr?«

»Stella.« Sie lächelt. »Das ist Joshua.«

»Yoshi«, ergänzt der Typ.

»Freut mich, euch kennenzulernen«, sage ich.

Eigentlich ist das nur eine Plattitüde, aber in dem Moment meine ich es ernst. Die beiden sehen echt nett aus.

»Mich auch«, sagt Stella.

Yoshi nickt schlapp.

»Okay – vielleicht treffen wir uns ja nachher zum Feuerwerk. Ich – ich lass euch erst mal.«

»Klar! Bis dann.«

Ich schließe die Tür und bleibe davor stehen, die Hand auf der Klinke. Langsam werde ich nachdenklich … Vielleicht ist Noahs Wut auf Lenas neue Freunde wirklich übertrieben.

Vielleicht hat sie recht.

Wenn wir uns die Mühe machen würden, die neuen Leute kennenzulernen, würden wir sie nicht mehr für Diebe halten, die uns Lena wegnehmen wollen.

Ich seufze.

Keine Ahnung, was ich jetzt tun soll –

Im Garten explodiert etwas.

Leute johlen.

Ich stutze.

Was ist da draußen los?

Ich gehe ins Wohnzimmer und schaue durch die offene Terrassentür.

Die meisten Partygäste scheinen sich im Geranienbeet versammelt zu haben und zünden Böller an. Jemand kreischt und lacht, bevor der nächste Böller auf dem Grundstück der Nachbarn landet.

Von Lena oder Noah immer noch keine Spur.

»Merlin?«

Überrascht drehe ich mich um. Vincent sitzt auf der Couch im Wohnzimmer. Er ist allein und hat schon wieder eine Kippe in der Hand.

»Hey«, sage ich.

»Hey.« Vincent zieht an seiner Zigarette. »Hast du einen guten Abend?«

Ich stehe für einen Moment da und weiß nicht, was ich tun soll. Auf dem Fernseher läuft ein koreanischer Horrorfilm. Überall liegen Chipstüten. Vincents Freunde sind alle draußen im Garten.

Ist das etwa meine Chance?

Erlebe ich gerade die Magie der roten Unterwäsche?

»Äh – ist okay«, antworte ich.

»Uh-oh. Das klingt nicht gut.«

»Nur ein kleiner Streit.«

Vincent nickt und deutet auf den Platz neben sich. »Willst du darüber reden?«

»Keine Ahnung. Eigentlich nicht. Darf ich mich trotzdem setzen?«

»Klar.«

Vincent lächelt, während ich mich neben ihn auf die Couch fallen lasse und ein Bein anwinkle. Er riecht nach viel zu vielen Zigaretten, aber irgendwie stört mich das in dem Moment nicht. Seine Haare rutschen langsam aus dem Knoten auf seinem Kopf.

»Also«, sage ich und knete meine Hände im Schoß.

»Also«, sagt Vincent.

»Es ist ungewöhnlich, dich mal allein zu sehen.«

»Ich bin oft allein.«

»Wirklich? Immer wenn ich dich auf dem Schulhof sehe, hast du einen Fanclub.«

»Oh Gott.« Vincent schnaubt und reibt sich die Stirn. »So würde ich das nicht ausdrücken. Das klingt super-weird.«

»Sorry.«

»Ist okay. Lass uns nicht darüber reden. Was mit dir? Immer wenn ich dich auf dem Schulhof sehe, hängst du mit Noah rum.«

Ich stutze und antworte nicht. Ist das gerade ernsthaft mein Leben? Vincent bemerkt mich auf dem Schulhof? Mein Mund wird augenblicklich trocken.

»Seid ihr beide zusammen? Du und Noah?«, fragt er.

»Nein«, erwidere ich schnell. »Noah und ich sind nur Freunde.«

Komisch irgendwie, dass man das so sagt: nur Freunde. Als ob das nichts wäre. Eigentlich bescheuert. Aber ich will jetzt nicht darüber nachdenken.

»Ah, okay, schade«, sagt Vincent.

»Schade? Wieso schade?«

Vincent zuckt die Schultern. »Er scheint ein sympathischer Typ zu sein.«

»Ich, also, ich meine, ja, ist er«, murmle ich. Ich senke den Blick und betrachte die verknoteten Hände in meinem Schoß. Sie sind ein bisschen schwitzig und sehr warm und kribbeln. Dann füge ich hinzu: »Aber … keine Ahnung, ich steh schon auf jemand anderen.«

Vincent wendet sich zu mir um, die Augenbrauen angehoben, seine Zigarette zwischen zwei Fingern und ein breites Grinsen auf dem Gesicht. »Say what? Wer ist es? Erzähl!«

»N-nein!«, erwidere ich. »Ich – sei nicht so neugierig –, du erinnerst mich gerad voll an meine Oma.«

»Deine Oma raucht Kette?«

»Halt die Klappe.«

»Du weichst aus, Merlin.«

Er schaut mich an. Seine Augen sind warm und braun.

Das Blut rauscht in meinen Ohren.

Was soll ich machen?

Ich mag ihn. Ich mag Vincent Kanowski. Er ist immer am Lachen und Witzemachen und Quatschen. Er scheint immer einfach da zu sein, mitten im Moment. Seine Haare sind immer genau richtig durcheinander.

Ich frage mich, ob es stimmt. Dass er oft allein ist. Ich frage mich, was er dann denkt und wie er dann ist. Aber um das herauszukriegen, muss ich ihn richtig kennenlernen – und ich kann nicht ein ganzes Jahr darauf warten. Selbst wenn das Jahr nur noch zwei Stunden dauert.

»Du«, sage ich.

»Was ist mit mir?«, entgegnet Vincent.

»Du – bist es – auf den ich stehe.«

Vincent fällt die Zigarette aus der Hand.

»Was?«, fragt er, während er sich bückt und sie vom Teppich pflückt. Auf seinen Wangen sind kleine rote Flecken aufgetaucht.

»Also so ein bisschen – nicht verbindlich oder so«, füge ich hinzu, als Vin immer noch nicht antwortet. »Was ich eigentlich meine – ich würde dich gerne besser kennenlernen.«

Vincent dreht die Kippe zwischen seinen Fingern.

Er sagt immer noch nichts.

Ich warte.

Es wird klappen.

Rot ist meine Glücksfarbe.

Ein weiterer Böller explodiert ohne Vorwarnung im Geranienbeet. Ich wende reflexartig den Kopf. Irgendwer kreischt und ruft dann lachend: »Du Arsch, Alter!«

»Merle.« Vincent spricht meinen Namen, als wäre er ein Zauberspruch. Es geht fast im Lärm unter. Mir läuft ein Schauer über den Rücken. Ich drehe mich zu ihm um. Seine Augen sind groß und glänzen im Licht vom Fernseher. »Du bist wirklich sehr nett und so«, sagt er. »Aber – es tut mir leid. Du bist nicht mein Typ.«

Meine Hände, die gerade noch warm und voller Leben waren, werden plötzlich kalt. Ich habe mich in seiner Nähe so intensiv gespürt. Jetzt nicht mehr. Jetzt spüre ich einfach gar nichts mehr.

»Oh«, murmle ich.

»Bitte sei nicht böse. Ich find dich echt nett und so.«

»Kein Problem. Echt.« Ich schlucke. »Das ist gar kein Problem. Du – ich muss meine Freunde finden.«

Ich stehe auf und falle fast über meine eigenen Beine.

Tränen schießen mir in die Augen.

»Merle«, sagt Vin.

Das passiert alles gerade nicht.

Es kann nicht.

Silvester kann nicht so eine Riesen-Shitshow sein.

»Was?«, frage ich.

»Sorry. Echt.«

»Ist okay.«

»Wenn's dir hilft, dich besser zu fühlen … ich glaube, Noah steht auf dich.«

»Was?«, erwidere ich.

Das restliche Gefühl sickert aus meinen Händen. Kaum denkt man, Vincent ist damit fertig, einem unerwartete Bretter vor den Kopf zu knallen, kommt der nächste Schlag.

»Ich glaub echt«, sagt er.

»Warum sollte mir das helfen?«

»Keine Ahnung.«

Für einen Moment schauen wir uns an.

Vincent lächelt traurig.

Mir wird klar, dass er mich nicht mehr wie vorher sehen wird. Ab jetzt bin ich die, der er einen Korb gegeben hat. Ich weiß nicht, wie ich damit umgehen soll. Das hier ist nicht einer meiner Tagträume. Ich kann nicht zurückspulen und neu anfangen. Jedenfalls nicht mit ihm.

Fuck.

Ich drehe mich abrupt um, gehe aus dem Wohnzimmer und öffne die Haustür. Mein Fahrrad liegt immer noch im Vorgarten, zusammengeschlossen mit Noahs. Ich bleibe daneben stehen und fange an zu heulen.

6

wo bist du??? ich brauche mein rad. kannst du bitte kommen und es aufschließen?

Noah antwortet nicht.

Ich warte noch ein paar Minuten, dann stecke ich mein Handy zurück in die Hosentasche. Seufze laut. Es ist kalt vor Lenas Haus. Meine Jacke liegt irgendwo auf einem großen Haufen im Flur, aber ich kann nicht mehr zurück und riskieren, Vincent zu sehen.

Rotz läuft mir über die Lippen.

Ich wische ihn weg.

Dann hole ich mein Handy nochmals aus der Tasche und tippe.

noah?? es ist dringend. bitte.

Die Nachricht wird zugestellt, aber Noah bemerkt es nicht. Oder er weigert sich, mit mir zu kommunizieren.

Ich verschränke die Arme über meinem dünnen Pullover.

Es tut weh.

Ich beiße auf meine Unterlippe.

Da ist dieser Knoten, direkt unter meinen Rippen. Er zieht. Mein ganzes Innerstes steuert auf einen Punkt zu, und jedes Gefühl wird zu dicht und schwer, um es zu fühlen.

Ich will einfach weiterheulen.

Vincent Kanowski steht nicht auf mich.

Ich hätte nicht gedacht, dass dieser Gedanke so schmerzhaft ist. Dabei hätte ich es doch ahnen müssen. Ich bin nicht sein Typ. Ich bin niemandes Typ. Ich bin einfach nicht gut genug, selbst mit geglätteten Haaren und Make-up und roter Glücksunterwäsche.

Wieder steigen Tränen in meine Augen.

Ich komme mir so bescheuert vor.

Was hab ich mir dabei gedacht? Vincent und ich? Er ist Vincent. Und ich – bin halt nur ich.

Wütend greife ich unter meinen Pullover und ziehe die Träger des BHs zurecht. Den ganzen Abend schon rutschen sie. Die Bügel sind unbequem, die Cups scheiße geschnitten, die Unterhose zwickt.

Rot ist nicht nur die nutzloseste, sondern auch die unbequemste Farbe.

Während ich noch versuche, meinen BH zurechtzurücken, öffnet sich die Haustür. Fuck. Schnell lasse ich meine Hände fallen. Wenn das Vincent ist, bin ich geliefert.

»Merlin?« Noah taucht in der Tür auf. »Ich hab deine Nachrichten gelesen. Ist alles okay?«

Ich öffne den Mund, aber bekomme nichts raus.

Nein, nichts ist okay.

Absolut gar nichts.

Noah betrachtet mich wortlos. Sein Gesicht ist blass und fleckig und auch er hat diesen Frisch-geheult-Glow.

Liegt das an uns?

An mir?

Hat Vincent wirklich recht?

Steht er auf mich?

»Silvester ist ein Scheißtag«, sage ich schließlich.

»Stimmt«, erwidert Noah.

»Ich wünschte, wir würden jetzt bei dir zu Hause sitzen, Linsensuppe essen und ›Riverdale‹ gucken. Dann gäbe es viel weniger Drama.«

Noah prustet. »Ich hoffe wirklich, dass dein Abend heute nicht mehr Drama hatte als ›Riverdale‹.«

Ich schnaube durch meine verschnupfte Nase. Schnoddere unfreiwillig. Versuche, ein Taschentuch aus der Hosentasche zu fummeln.

»Ich nehme an, mit Vincent lief es nicht gut?«, fragt Noah.

»Wie kommst du darauf?«

Noah wirft mir einen mitleidigen Blick zu und geht nicht darauf ein. »Ich schließ mal dein Fahrrad auf«, sagt er stattdessen. »Wenn du vor null Uhr zu Hause sein willst, musst du langsam los.«

»Warte.« Ich greife nach Noahs dünnem Arm und er bleibt neben mir stehen. »Können wir reden?«

7

Lenas Eltern sind ein bisschen messy. Sie können nichts wegschmeißen. Alles, was sich nicht mehr gebrauchen lässt, stopfen sie in ihre Garage.

Früher haben wir ständig in den alten Schätzen gewühlt oder sind aufs flache Garagendach geklettert. Lenas Eltern haben es gehasst. Ich erinnere mich noch ganz genau an einen besonders lustigen Tag in den Sommerferien vor zwei Jahren, als Noah einen Kapitänshut in einer der Kisten fand. Den halben Tag haben wir mit einer Packung Fischstäbchen auf dem Dach gesessen, Fotos gemacht und sie hochgeladen.

Wegen Käpt'n Iglo und so.

Kam uns wie der großartigste Witz aller Zeiten vor.

Am Ende hatte Noah fast einen Hitzschlag und Lenas Eltern haben uns das Dach verboten. Und nie wieder Fischstäbchen gekauft.

Ich öffne die Garagentür und stoße mit dem Fuß gegen einen halb leeren Bierkasten.

Noah betätigt den Lichtschalter.

»Wird hier auch mit jedem Jahr voller«, sagt er, während eine neue Ladung Kisten in dem flackernden Licht auftaucht.

Ich lache, aber eher aus Höflichkeit.

Eigentlich bin ich mit den Gedanken ganz woanders. Ein Wirbelsturm aus Gefühlen und Bildern dreht sich in meinem Kopf: Da ist Vincent, der mich traurig anlächelt – Lena, die ich den ganzen Abend über nicht mehr gesehen habe –, und Noah. Sein komisches Verhalten. Irgendetwas ist mit ihm. Ich weiß nicht, ob es wirklich das ist, was Vincent denkt, aber …

Es stimmt schon: Noah hat ein Geheimnis.

»Worüber willst du reden?«, fragt er.

Ich schließe die Tür hinter uns und zögere.

Noah steht vor mir, wie ich ihn schon ewig kenne: ein schmächtiger Typ, strohblond und mit einem wahnsinnig lieben Gesicht. Seine halbe Welt sind Fantasybücher, die andere sind wir. Mit einem Mal will ich ihn ganz lange umarmen.

»Merlin?«, fragt Noah wieder.

»Äh … ich weiß auch nicht.« Ich lasse mich auf eine Kiste sinken. »Es tut mir leid, dass heute so ein Scheißabend für dich war. Dieses ganze Neue-Leute-Kennenlernen ist irgendwie nach hinten losgegangen. Du hattest recht: Typen und Dates und das alles – das ist total bescheuert.«

Noah seufzt. »Nein, ist es nicht. Es ist total in Ordnung.« Er setzt sich neben mich auf die Ecke der Kiste. »Ich wollte dir nicht das Gefühl geben, dass du bescheuert bist, nur weil du dich verliebt hast. Sorry.«

Ich nicke, aber weiß nicht, was ich sagen soll. Noah schweigt auch. Irgendwie ist das okay. Wenn ich mit Noah zusammen bin, fühle ich mich nie falsch und nie allein. Wir können einfach nebeneinandersitzen und schweigen, ohne dass es komisch wird. Ich habe nicht das Bedürfnis, die Stille zu füllen, zu unterhalten oder allgemein mehr sein zu müssen, als ich bin.

Das macht das, was ich jetzt sagen will, allerdings nicht leichter.

»Ähm«, murmle ich und verstumme dann wieder.

Noah wirft mir einen Blick zu. »Was?«

»Da ist noch etwas. Aber ich weiß nicht, wie ich es sagen soll.«

»Okay.«

»Mh-hm.«

»Merlin … spuck's einfach aus.«

Ich schlucke fest und nicke wieder. Die Sache mit Vincent hat mir eines gezeigt: Es gibt kein Zurück mehr, sobald man etwas gesagt hat – andererseits gibt es auch kein Voran, wenn man nichts sagt.

»Okay. Also … du warst in letzter Zeit ein bisschen komisch, und ich habe gedacht … also es wäre überhaupt nicht schlimm, wenn du dich verknallt hättest … in Lena … oder in mich.«

Noah sagt nichts und bewegt sich auch nicht. Für einen Moment sieht er aus, als hätte ich ihn mit Eiswasser übergossen.

»Wir kriegen das hin«, füge ich panisch hinzu. »Als Freunde.«

Noah öffnet langsam den Mund.

Dann fängt er an zu lachen.

Er hört gar nicht mehr auf.

»Was soll das?«, frage ich.

»Du denkst – du denkst ernsthaft, ich stehe auf dich?«, bringt Noah mühsam heraus und holt tief Luft. »Wow.«

»Hey!«, erwidere ich.

»Nein, entschuldige, so meinte ich das nicht! Du bist wirklich, wirklich toll, Merlin. Vincent ist ein Idiot, wenn er das nicht sieht. Aber …«

Noah unterbricht sich und ist auf einmal wieder ungewöhnlich ernst. Abrupt erhebt er sich und geht ein paar Schritte. »Ich weiß nicht, wie du darauf kommst. Dieses ganze Wer-mag-Wen ist überhaupt nicht mein Ding«, sagt er. »Ich dachte, das wäre dir mittlerweile klar.«

Ich stehe auch auf.

Noah sieht nicht aus, als ob er mit Reden fertig ist.

Ich warte.

Noah dreht sich um.

Seine Wangen sind rot und sein Blick streift meinen. »Ich – darüber wollte ich schon lange mit euch sprechen … Verlieben und Sex haben und so – ihr scheint euch da alle drauf zu freuen. Euch ist das so wichtig. Mir nicht. Ich meine – ich habe einfach keine Meinung dazu. Deswegen glaube ich … also … ich bin aromantisch-asexuell.«

Für einen Moment passiert gar nichts, dann fängt mein Herz an, wie wild zu klopfen. Alles, was ich denken kann, ist: Warum bin ich da nicht selber draufgekommen?

Es macht so viel Sinn. Warum Noah wütend ist. Warum er Angst hat, dass unsere Freundschaft wegen der neuen Leute kaputtgehen könnte. Warum er sich ausgeschlossen fühlt. Alles macht Sinn.

Aber ich kriege kein Wort raus.

Noah senkt den Blick.

Was soll ich jetzt tun? Was ist das Richtige?

Je länger ich nichts sage und einfach nur dastehe, desto nervöser scheint Noah zu werden. Schließlich wendet er sich ab. Ist er enttäuscht?

Ich reagiere beinahe instinktiv. Bevor Noah einen weiteren Atemzug tun kann, drücke ich ihn ganz fest an mich. Für einen Moment scheint Noah überrascht. Dann entspannt er sich in meine Umarmung.

»Deswegen bist du die ganze Zeit auf diesem Blog«, murmle ich in seinen Pullover.

Noah zögert. Er riecht nach Waschmittel und Deo (Nivea Men Fresh Active, seit der siebten Klasse). Schließlich nickt er langsam. Wahrscheinlich traut er mir nicht so recht. Ich kann es spüren. Er hat Angst, dass ich ihn nicht verstehe.

»Noah, ich finde das fantastisch«, sage ich.

»Wirklich?«, fragt er.

»Natürlich! Das passt voll zu dir! Und du warst in letzter Zeit immer so verschlossen. Ich hab gesehen, dass du über etwas nachdenkst. War es das? Hast du darüber nachgedacht?«

»Ja.«

»Also bist du aromantisch und asexuell.«

»Ja.«

»Das ist ziemlich cool.«

»Findest du wirklich? Oder sagst du das nur, um mich nicht zu verletzen?«

»Was?«

»Na ja, findest du es wirklich cool? Findest du es nicht seltsam?«

»Nein«, erwidere ich und halte Noah auf Armeslänge von mir. »Ich sage das, weil du – weil du Noah bist. Du magst Bücher und Lasagne und deinen Hund. Du bist gut in Musik und schrecklich in Mathe. Du hast einen Plan für deine ganze Zukunft. Mann, ich hab dich so verdammt lieb. Du bist nicht seltsam. Du bist erwachsener als wir alle zusammen. Ernsthaft, das Seltsamste an dir ist deine Vorliebe für Kapern. Was findest du an den Dingern?«

Noah schaut mich lange an. Er lächelt ein bisschen.

»Danke, Merlin«, sagt er.

»Wofür?«, erwidere ich. »Das sind nur die Fakten.«

Noah reibt sich plötzlich die Augenwinkel. »Okay.«

Ich schlucke.

Noah schnieft.

Es ist krass. Die Stille hängt voller Emotionen. Als hätten wir uns gerade auch etwas gestanden: eine Freundschafts-Liebeserklärung oder so.

Noah holt tief Luft, um etwas zu sagen. Er wird von einer Rakete unterbrochen, die pfeifend in den Himmel schnellt und explodiert. Auf die Explosion folgt noch eine. Und noch eine. Das ganze Viertel scheint mit einem Mal zum Leben zu erwachen. Über uns auf dem Dach knackt und poltert es, als würde ein verschrecktes Tier darüber huschen.

»Ist es schon zwölf?«, frage ich.

»Klingt so.«

»Wir müssen Lena finden!«

8

Wir stolpern durch den Garten, der von buntem Feuerwerk erhellt wird wie von einem heftigen Gewitter. Grüne, gelbe und rote Lichter wechseln sich ab. Auf der Terrasse haben sich Stella, Yoshi und ein paar andere Partygäste versammelt. Sie rufen abwechselnd »Ooh« und »Aah«, wenn ein neuer Feuerwerkskörper am Himmel zerspringt.

»Hey«, sagt Stella, als wir auf die Terrasse treten. »Wo kommt ihr denn her?«

»Garage«, sage ich, abgelenkt von dem goldenen Funkenregen.

Für einen Moment sackt mein Magen wieder in die Kniekehlen. Genau das wollte ich zusammen mit Vincent erleben: wir im Garten und das Feuerwerk über uns.

»Was macht ihr in der Garage?«, fragt Stella irritiert.

»Sex haben«, sagt Noah.

Stella und Yoshi starren ihn an.

»War nur ein Witz«, fügt er hinzu, als beide nicht damit aufhören. »Wir suchen Lena.«

»Oh. Ach so. Äh – die ist irgendwie verschwunden. Wir wollten eigentlich mit ihr zusammen die Raketen abfeuern, die sie besorgt hat, aber das macht jetzt Vin.«

Stella deutet aufs Geranienbeet.

Vin steht dort mit ein paar Kumpels, wieder eine Kippe im Mundwinkel und eine Rakete in der Hand.

»Ey, zünd an, ich halt fest!«, ruft er.

Die anderen johlen voller Vorfreude.

»Oh Gott«, seufzt Stella. »Wollen die sich ins Krankenhaus ballern?«

Noah wirft mir einen Blick zu.

Ich versuche, meinen Schmerz herunterzuschlucken und mich auf die Gegenwart zu konzentrieren. Vincent und seine Leute sollen machen, was sie wollen. Lena ist jetzt wichtiger.

»Das ist komisch«, erwidere ich. »Wann habt ihr sie zuletzt gesehen?«

Stella zuckt mit den Schultern, aber Yoshi sagt: »In der Küche. Vor zehn Minuten. Ich hab mir grad ein Glas Wasser geholt. Sie hatte ihre Jacke an und wollte nicht wirklich mit mir reden. Ich glaube, sie hat danach das Haus verlassen.«

Ich runzle die Stirn.

Wo soll Lena heute groß hingehen wollen?

In der Kälte? An Silvester?

Natürlich. Es gibt nur einen Ort, der bloß für uns drei ist.

Wo ich hingehen würde, wenn meine Freunde mich enttäuscht hätten.

»Sie ist auf dem Garagendach!«, rufe ich und haue Noah vor Aufregung gegen den Oberarm.

»Bist du sicher?«

»Hundertpro!«

»Warum das denn?«

»Weil sie sauer auf uns ist.«

»Sie ist sauer auf uns? *Ich* bin sauer auf *sie*!«

»Jaja, ich weiß – heb dir das für später auf. Wir müssen sie holen. Los, komm!«

Noah folgt mir ins Haus. Die Zimmer sind alle leer. Wir greifen unsere Jacken und Schals. Auf meinem Handy sind keine verpassten Nachrichten, aber das Netz ist sowieso eingebrochen.

Als wir wieder vor der Garage stehen, recke ich den Kopf. Von hier aus ist niemand zu sehen. Ich greife nach einem alten Spalier und ziehe mich daran hoch.

»Müssen wir heute etwa alle ins Krankenhaus?«, murmelt Noah, bevor er mir folgt.

Auf die Garage zu kommen, war damals irgendwie einfacher. Ich hieve mich ungelenk auf die moosige Dachpappe und reibe meine aufgeschürften Handflächen.

»Merle?«

Lena liegt wie ein Seestern unter dem Nachthimmel. Sie setzt sich auf. Über uns rollt eine Welle aus bunten Lichtern.

»Hey«, sage ich.

»Mach Platz!«, keucht Noah hinter mir.

Ich rutsche zur Seite, und wir purzeln mehr oder weniger vor die Füße unserer besten Freundin, die an Silvester ihre Partygäste zurückgelassen hat, um ohne ein Wort in der Kälte zu sitzen.

»Was macht ihr hier?«, fragt Lena.

»Was wohl?«, entgegnet Noah. »Wir haben dich gesucht. Warum verschwindest du einfach? Vincent brennt noch das ganze Haus ab.«

»Ich wollte allein sein.«

»Also das ist mal was Neues.« Noah grinst, aber Lena reagiert nicht auf seinen Versuch, die Stimmung zu lockern. Ihr Gesicht bleibt ausdruckslos. Noah lässt sein Grinsen fallen. »Sorry.«

»Ich dachte, ihr wärt beide längst nach Hause gegangen.«

Noah und ich werfen uns einen Blick zu.

Lena schnieft verhalten. Keine Ahnung, ob sie weint oder ob es einfach an der Kälte liegt.

»Ihr müsst nicht bleiben«, murmelt sie. »Ich bin sowieso ein schrecklicher Mensch.«

Noah seufzt und sagt leise: »Lena …«

»Nein, ist schon okay. Ihr habt das mehr als deutlich gemacht, echt.«

Noah senkt den Blick.

Ich weiß auch nicht, was ich sagen soll. Mein Herz hämmert und mein Körper wird kalt und gleichzeitig heiß.

Ich hasse es, wenn wir streiten.

»Ihr seid komplett bescheuert!«, ruft plötzlich jemand aus dem Garten.

Noah, Lena und ich werfen uns einen verwirrten Blick zu. Während im Garten ein kleiner Tumult losbricht, kriechen wir zum Rand des Daches und schauen hinunter aufs Geranienbeet.

Das Schauspiel, das sich uns bietet, ist … interessant.

Vincent hat sich eine Rakete in die Hose geschoben und einer seiner Freunde hält ein Feuerzeug bereit. Stella steht zwischen ihnen. Sie zieht die Rakete aus Vincents Hosenbund. Auf Vincents Protest hin ruft sie: »Deine Arschbacken werden es mir noch danken! Wer kommt denn auf so eine beknackte Idee?«

Vincents Freunde brechen in hysterisches Gegacker aus.

»Ich kann nicht glauben, was ich da sehe«, sage ich.

»Ja, oder? Wer hätte gedacht, dass wir heute den besten Satz unseres Lebens hören?«, erwidert Noah. »›Deine Arschbacken werden es mir noch danken!‹ Sorry, aber das ist iconic.«

Lena und ich fangen gleichzeitig an zu lachen. Wir können gar nicht mehr aufhören.

Die ganze Situation ist so absurd: Es ist Silvester, und eigentlich haben wir uns gestritten, und alles ist irgendwie falsch, aber irgendwie ist auch alles wie immer – und vielleicht sogar ein bisschen besser.

Ich schaue Lena an. An ihren Wangen laufen Lachtränen oder Kältetränen oder Meine-Freunde-sind-scheiße-Tränen herunter, ich weiß es wirklich nicht.

Ich sage: »Du bist überhaupt kein schrecklicher Mensch. Keiner von uns denkt das, okay?«

Lena wird mit einem Mal wieder ernst. Sie wischt sich die Tränen vom Gesicht.

»Merle hat recht«, schaltet Noah sich ein.

Lenas Augen wandern von mir zu ihm. Ihr Blick wird deutlich kühler. »Also bin ich jetzt plötzlich keine egoistische, manipulative Bitch mehr, oder was?«

»Boah, Lena –«

»Ist doch so! Das hast du doch sagen wollen!«

»Ich war nur frustriert.«

»Das ist kein Grund, sich wie ein Arsch aufzuführen.«

»Es tut mir leid«, sagt Noah. Er robbt hinüber zu Lena und greift ihre Hand. »Wirklich. Sehr. Bitte glaub mir.«

Lena schnieft wieder. Sie entzieht die Hand nicht Noahs Griff. Stattdessen betrachtet sie ihre verschränkten Finger und antwortet schlicht: »Okay.«

»Okay-ich-verzeihe-dir oder okay-der-Abend-ist-eh-gelaufen?«

Ich muss schnauben, ehe Lena etwas erwidern kann. »Das ist er so oder so.«

Lena hebt den Kopf. »Was soll das heißen?«

»Nichts.« Ich fixiere den Garten, damit ich ihr nicht ins Gesicht schauen muss.

Im Geranienbeet ist es wieder ruhig geworden. Entweder sind die Raketen ausgegangen, oder Stella hat es tatsächlich geschafft, Vincent und seinen Freunden ein bisschen Verstand beizubringen. Auf jeden Fall scheint niemand mehr da zu sein. Das Feuerwerk in der Ferne geht ungestört weiter.

»Was ist passiert?«, fragt Lena.

»Nichts weiter. Ich hab Vin nur nach einem Treffen gefragt und er hat mir einen Korb gegeben. Keine Ahnung. Ist nicht so wichtig.«

Lena presst die Lippen aufeinander. Sie fängt einen Blick von Noah auf und wird ein bisschen rosa auf den Wangen. »Das ist alles meine Schuld.«

»Nein.«

»Doch. Wenn ich dich nicht gedrängt hätte, dann –«

»… dann wär ich immer noch nicht Vincents Typ«, unterbreche ich Lena.

»Hat er das gesagt?«

»Ja.«

»Idiot. Tut mir echt leid, Merle.«

»Mh-hm.«

Für einen Moment schweigen wir alle.

»Ich bin aber echt beeindruckt, dass du dich getraut hast, mit Vin zu reden«, sagt Lena dann. »Das macht kaum wer. Alle himmeln ihn nur an.«

Ich zucke mit den Schultern. »Kann sein.«

»Merle, ernsthaft.« Lena greift nach meiner Hand. Ihre andere Hand liegt noch in Noahs. Wir klammern uns an unsere kalten Finger und sehen aus, als ob wir eine Séance auf dem Dach abhalten würden. »Wenn er dich nicht auf dieselbe Art mag, hat das nichts mit dir zu tun.«

Ich pruste. »Mit wem bitte sonst?«

»Mit ihm.«

Ich sage nichts.

»Ernsthaft. Wenn er in dir nicht sieht, was ich sehe, dann ist das sein Verlust, okay? Dann wärst du mit ihm auch nicht glücklich. Ich bin lieber Single als mit der falschen Person zusammen.«

Ich sage wieder nichts.

Irgendwie weiß ich nicht, ob ich Lena glauben soll.

Noah füllt schließlich die angespannte Stille, indem er Lena kumpelhaft anstößt und eine seiner Noah-Bemerkungen macht: »Weise Worte. Späte Worte, aber weise Worte.«

»Haha.« Lena streckt ihm die Zunge heraus.

Ich lasse ihre Hand los.

Nein, es geht nicht.

Wie soll ich glauben, dass es nicht an mir liegt, wenn Vincent mich nicht mag? Dabei ist es doch so wahrscheinlich. Ich bin einfach niemand Besonderes.

Tränen stürzen plötzlich aus meinen Augenwinkeln, und ich versuche panisch, sie wegzuwischen.

»Oh, Merli-Maus«, flüstert Lena.

Sie umarmt mich fest.

Noah sieht für einen Moment panisch aus, dann steht er auf und lässt sich auf meiner linken Seite nieder.

»Heul dich aus«, sagt er. »Wir sind da.«

Ich will etwas erwidern. Aber es ist hoffnungslos. Mir sind die Worte abhandengekommen. Ich kann es einfach nicht glauben – dass ich für irgendwen irgendwas sein soll.

Und trotzdem sind sie hier.

Lena und Noah.

Ihre Körperwärme strahlt durch die Jacken. Wir sitzen dicht gedrängt auf dem Dach unserer Kindheit und schauen auf das Silvesterfeuerwerk.

»Ich hab euch lieb«, murmle ich.

»Oh Gott.« Lena drückt ihren Kopf in meine Halsbeuge. »Halt bloß die Klappe, sonst heul ich auch los.«

Noah prustet. »Falls du es nicht weißt, das ist übrigens Lena-Sprache für ›Wir haben dich auch lieb‹«.

»Ach, laber nicht. Merlin weiß genau, was ich meine, wenn ich ›Halt die Klappe‹ sage.«

»Klar. Wieso sollte sie auch nicht?«

Silvester ist eine Riesen-Shitshow, aber trotzdem ist er etwas Besonderes – dieser Augenblick.

Wir sind etwas Besonderes.

9

»Keine Ahnung, ich hab nicht darüber nachgedacht. Es ist einfach rausgekommen.«

»Iconic, ey! Iconic.«

»Du bist seltsam.«

»Vielleicht. Trotzdem nicht so seltsam wie die Person, die das Wort ›Arschbacken‹ unironisch in einem Satz verwendet hat.«

Stella lacht. »Get over it!«

»Niemals«, sagt Noah.

Er liegt neben mir auf einer Luftmatratze.

Die Party ist längst gelaufen, die meisten Gäste, inklusive Vin, haben sich ein Taxi genommen, und das Feuerwerk ist vorbei. Nur ab und zu explodiert noch ein Böller vor Lenas Schlafzimmerfenster.

Stella und Yoshi sind noch da. Sie haben sich auf Lenas Bett in zwei Decken eingerollt. Lena hat es irgendwie geschafft, sich in ihrem Sessel ein Nachtlager einzurichten.

Man kann definitiv sagen: Keiner von uns hat es besonders bequem. Aber irgendwie hat auch keiner vor, wirklich zu schlafen.

»Ehrlich, als jemand, der Winnie schon aus dem Kindergarten kennt, versteh ich den ganzen Hype um ihn nicht«, fährt Stella fort. »Er ist ein guter Freund und so, aber … keine Ahnung. Er ist auch ein kompletter Trottel. Mein Typ wär er nicht.«

Yoshi gähnt.

Ich drehe mich unruhig auf der Luftmatratze und versuche, mir nichts anmerken zu lassen.

Das ist leicht gesagt. Wenn Vincent nicht mein Typ wäre, wäre einiges einfacher, dann stünde es 1:1. Ich bin nicht sein Typ, er ist nicht mein Typ. Aber –

Ich meine, vielleicht ist er mein Typ und es passt trotzdem nicht. Und zwar nicht nur meinetwegen. Vielleicht passt er auch nicht zu mir.

Mein Herz fängt plötzlich an, wie wild zu klopfen. Es wird so laut, dass ich fast fürchte, die anderen würden es hören.

Ernsthaft jetzt – wenn ich Vincent nachlaufen muss oder irgendjemand mir –, das ist schon komisch. Nicht so, wie ich es eigentlich haben möchte. Ich will niemanden von mir überzeugen müssen. Und ich will auch nicht von jemandem überzeugt werden.

Liebe sollte irgendwie – irgendwann – einfach da sein.

»Na gut«, sagt Lena und richtet sich plötzlich in ihrem Sessel auf. »Wer ist dann dein Typ?«

Yoshi stöhnt.

Stella lacht. »Oh, lass mich überlegen … ich liebe Regé-Jean Page. Aber ansonsten Harry Styles. Ich weiß: voll basic.«

»Vincent sieht ein bisschen aus wie Harry Styles«, bemerkt Lena.

»Boah, hör auf, so ein Bullshit!«

»Ich sag ja nur.«

Stella schüttelt sich. »Wir – kennen – uns – seit – dem – Kindergarten! Okay? Ich will nichts mehr von Winnie hören.«

»Na gut«, sagt Lena. »Und wer ist dein Typ, Yoshi?«

»Ich hab keinen Typ.«

»Jeder hat einen Typ.«

»Nee. Ich nicht. Ich mag jemanden, wenn ich ihn mag. Fertig.«

Lena rollt mit den Augen. »Du bist langweilig.«

»Gern geschehen«, erwidert Yoshi.

Noah lacht.

Er sieht entspannt aus, obwohl es nicht gerade um sein Lieblingsthema geht. Ich kann seinen ruhigen Atem neben mir hören und seine Körperwärme spüren.

»Was meinst du?«, wispere ich. »Besser oder schlechter, als zu Hause netflixen?«

Noah dreht seinen Kopf und schaut mich an. Unter seinen blauen Augen liegen dunkle Schatten, aber er grinst.

»Besser.«

Andreas Thamm

Nicht in diesem Universum

1

Er war wirklich oft an diesem Haus vorbeigekommen. Abends leuchtete das linke Fenster unterm Dach. Das war, wo sie wohnte. Er hatte sich irgendwann einen Umweg angewöhnt, sobald er allein war, nach dem Tischtennistraining oder nach dem Abhängen im leer stehenden Einkaufszentrum in der Stadt. Das Einkaufszentrum stand leer wegen Amazon, das sagte man so. Aber da konnte man jetzt natürlich auch nichts mehr machen. Er ging seltsame Schleifen durch die Nachbarschaft, um auf dem Heimweg hier vorbeizukommen. Und um das Vorbeikommen noch möglichst lange hinauszuzögern, ohne die Wege doppelt zu gehen. Das war die Aufgabe. Das Licht, fand er, schien wärmer aus diesem Fenster, links unterm Dach. Es sah anders aus.

Sein Name war Benny, aber das wusste sie wahrscheinlich nicht. Er kannte ihren Namen. Aber er wusste nicht mehr, woher. Und er wusste nicht, was er sich erhoffte, wenn er hier vorbeilief. Wenn er Schleifen durch die Nachbarschaft zog, bis man das warme Licht durch die Äste eines Baums hindurch sehen konnte. Ein weißer Vorhang hing am Fenster. Der bewegte sich nie. Nur hier vorbeizukommen und sich vorzustellen, wie es drinnen aussehen könnte. Und zu spüren, wie die Aufregung seinen Rücken hinaufkroch. Das reichte schon.

So wäre das alles zu Ende gegangen. Und ab hier gäbe es nichts mehr zu erzählen. Benny hätte seine Spaziergänge gemacht und sich niemals getraut, Fabienne auf dem Schulhof anzusprechen. Sie ging in die Elfte, er in die Neunte. Er war ein Kind in ihren Augen. Er wäre noch fünf, sieben oder neun Mal hier vorbeigekommen. Und dann hätte er irgendwann einfach einsehen müssen, dass es hier keinen Fortschritt gab, dass hier nichts passieren würde. Und das Flattern von Bennys Herz und das Hinaufkriechen der Aufregung über seinen Rücken wären auf einmal weniger stark gewesen. Beim nächsten Mal hätte er vielleicht schon einen anderen Weg gewählt. Ohne viel darüber nachzudenken. Einen kürzeren.

Schuld waren am Ende die Hormone. Auch das sagte man so, so wie andererseits die Sache mit Amazon und dem Einkaufszentrum. Und in beiden Fällen konnte man nichts machen. Amazon war eben da und die Hormone auch, und die machten eh, was sie wollten. Benny trug nun, als die Ferien vorüber waren, auf einmal einen merkwürdig spitzen Adamsapfel an seinem viel zu langen Hals vor sich her. Und überhaupt, der ganze Kerl war über Nikolaus, Weihnachten, Silvester, Dreikönig an allen Enden seines Körpers unnormal in die Länge gezogen worden. Er stieß sich den Kopf, wenn er morgens unter der Dachschräge aufwachte. Seine Schuhe passten nicht mehr. Manchmal hatte er Schwierigkeiten mit der Balance. Benny befingerte den merkwürdigen Adamsapfel vor dem Spiegel, schluckte, wodurch der Apfel hoch- und runterhüpfte. Er googelte, was genau da in seinem Hals eigentlich hoch- und runterhüpfte, stieß auf das Wort Schildknorpel und wollte so etwas eigentlich lieber nicht in sich drin haben, aber auch hier: Da konnte man nichts machen. Benny grübelte, ob seine Nase immer schon so kantig gewesen war.

Der Bub war größer geworden. Das hatten alle Tanten, alle Nachbarn und Nachbarinnen in den vergangenen Tagen festgestellt und einander wiederum bestätigt. Und fast hörte es sich aus ihren Mündern so an, als handle es sich bei diesem Größerwerden um einen natürlichen Vorgang. Etwas, das halt passierte in dem Alter, wegen der Hormone. Dass einer aber tatsächlich innerhalb von vier Wochen zwanzig Zentimeter wächst und auf einmal nicht mehr aussieht wie ein Vierzehnjähriger, sondern eigentlich eher wie ein Erwachsener, das vergaßen sie alle dabei. So etwas kam eigentlich nicht vor, das war nicht natürlich. Benny schwankte Schleifen durch die Nachbarschaft und musste sich noch immer daran gewöhnen, wie anders sein Körper sich verhielt. Er fühlte sich wie ein Monstrum.

Jojo saß in der Schule neben ihm. Jojo war über die Weihnachtsferien und alles so klein geblieben wie davor und reichte Benny jetzt, wenn sie nebeneinanderstanden, in etwa bis auf Brusthöhe. Wenn er gerade nichts Besseres zu tun hatte, musterte Jojo seinen Freund und dachte sich neue Vergleiche aus. »Du schaust aus«, sagte er dann zum Beispiel, »wie wenn der Blitz in einen Baumstamm eingeschlagen hat und was da übrig bleibt.« – »Sehr witzig«, fand Benny. Oder er rammte Benny plötzlich, während der Mathestunde, einen Ellenbogen in die Rippen: »Jetzt hab ich's«, flüsterte Jojo, »diese Luftmenschen vor Autohäusern und so im Industriegebiet. Weißt du, was ich meine?« Benny versuchte, ihn zu ignorieren und weiter dem Unterricht zu folgen, es ging um Brüche hoch minus irgendwas, das konnte kein Mensch verstehen. Jojo rammte wieder den spitzen Ellenbogen in seine Rippen: »Da wird unten so Luft reingeblasen und dann flattern die mit den Armen. Genau so! Exakt so schaust du aus, Benny.« Der Mathelehrer hatte aufgehört, Brüche an die Tafel zu malen, und fixierte Jojo mit seinem übertrieben strengen Blick: »Bitte laut für alle.« Jojo wiederholte seine Überlegung gerne. Er stand sogar auf dafür. Alle kicherten zustimmend, nur der Mathelehrer nicht, der jetzt Benny musterte und sagte: »Ja, na gut, da ist schon was dran.«

Die meisten seiner Freunde und Klassenkameraden und eben auch Lehrer schlossen sich Jojos Meinung an. Und das wäre eigentlich alles kein großes Problem gewesen. Sollten sie ihre Witze machen. Das Problem waren nicht sie, das Problem war Frau Balzer, ihre Deutschlehrerin. In ihren Augen war er kein Luftmensch vor dem Autohaus. Für sie war er der geborene Melchior. Wobei geboren natürlich nicht ganz richtig ist. Er war wie über Nacht zu Melchior geworden, Melchior, der reife junge Mann in ihrer großen Inszenierung von »Frühlings Erwachen«, einem Theaterstück, das irgendwie hundert Jahre oder so alt war und von dem Benny noch nie zuvor gehört hatte.

»Das ganze Schuljahr suche ich schon nach meinem Melchior«, sagte Frau Balzer. Sie war winzig und kugelrund, trug immer rote Strickjäckchen und sah deshalb aus wie ein Marienkäfer. Benny musste sich etwas zu ihr hinunterbeugen, wenn sie wieder einmal auf ihn einredete. Wie eine Straßenlaterne. Er traute sich nicht, einfach wegzugehen. Das mit dem Theaterspielen kam nicht infrage, er hatte noch nie irgendwas in der Art gemacht, er konnte ja noch nicht einmal Referate halten, ohne dass seine Stimme zitterte, und seit er riesig und umso sichtbarer geworden war, war das natürlich noch schlimmer und seine Stimme noch zittriger geworden.

Aber die Balzer ließ nicht locker. Sie stellte sich ihm in den

Weg, wenn er in die Pause wollte. Sie sagte, sie erkenne ein Talent, wenn sie eines vor sich habe, und könnte es sich niemals verzeihen, wenn sie ihn nicht auf die Bühne bringen würde. Sie versuchte, ihm ein schlechtes Gewissen einzureden, indem sie schwor, es würde in diesem Jahr überhaupt kein Theaterstück geben, für niemanden, wenn er nicht endlich in die Proben einsteige. Sie steckte ihm mit flinken Fingerchen das kleine gelbe Buch in den Rucksack. Sie rief bei seinen Eltern an. Seine Eltern sagten ihr, dass sie sich das gar nicht vorstellen könnten, woraufhin Frau Balzer schwor, sie werde es ihnen schon beweisen. Richtig sauer sei die geworden, erzählte Bennys Mutter, was Benny sich wiederum gar nicht vorstellen konnte.

Und dann holte sich Frau Balzer Wendla zu Hilfe. Man muss dazu sagen, dass das Zufall war. Frau Balzer wusste natürlich nicht, dass Benny am Abend, wenn er auf dem Weg nach Hause war, vom Tischtennistraining oder sonst woher, manchmal diese Schleifen ging. Sie hatte keine Ahnung, dass er schon immer, das heißt, seit er sie zum ersten Mal gesehen hatte, so unnormal viel an dieses Mädchen denken musste, mit ihren langen schwarzen Haaren und den riesigen, genauso schwarzen Augen, das Mädchen, das nicht ständig sinnlos rumlachte, sondern selten, aber wenn, dann hörte Benny sie mit Sicherheit und auf Kilometerdistanz, und selbst wenn sie auf dem Mond gelacht hätte, hätte er das gehört, und in ihm wäre etwas zersprungen. Wendla, das war wohl so etwas wie die weibliche Hauptrolle, wurde gespielt von Fabienne. Natürlich. Das hätte er wissen müssen. Sie spielte in jedem Jahr mit. Wegen ihr schaute er sich die Theaterstücke der Schultheatergruppe überhaupt an und hatte danach nie eine Ahnung, wovon das Stück gehandelt hatte.

Jetzt standen sie beide vor ihm, die kleine rote Frau Balzer und die mystisch dunkle Fabienne daneben. Die Balzer hatte sich ihre Wendla geschnappt. Sie waren alle auf dem Weg nach draußen gewesen, auf dem Weg ins Wochenende. »Ganz kurz nur«, erklärte die Balzer und deutete auf ihn. Sie hatte sich bei ihrer Hauptdarstellerin eingehakt. »Ich hab ihn gefunden, was sagst du?« Die Balzer strahlte. Benny war verwirrt, er musste den Impuls unterdrücken, umzudrehen und loszurennen. Fabienne strich sich eine Strähne aus dem Gesicht, klemmte sie hinters Ohr. Ihr Blick ruhte auf ihm, wie ein Blick eben ruhen kann, vollkommen unbewegliche Pupillen. Dann lächelte sie ganz leicht und fragte: »Der Lampion, echt?« Frau Balzer schaute verwirrt. Sie hatte diesen Spitznamen noch nicht gehört. Benny auch nicht. Er wollte etwas sagen, wusste nicht, was, sie war ihm noch nie so nahe gewesen, sie hatte etwas über ihn gesagt, auch wenn er es nicht verstand. Er wollte etwas entgegnen und gleichzeitig wollte er nie wieder sprechen und hielt jetzt lieber den Mund. Die Balzer räusperte sich.

»Ein Melchior, findest du nicht? Die ganze … Erscheinung, diese … Körperlichkeit, die Ernsthaftigkeit! Fabienne, ich bitte dich, das siehst du doch.« Fabiennes Lächeln wuchs. Sie sah aus, als würde sie sich gerade ein Lachen verkneifen. »Ja«, meinte sie und zeigte ihm ihre Zähne, als wollte sie sagen, *jetzt liefere ich dich aus*, »jetzt wo Sie's sagen, Frau Balzer«, sie nickte, »der Lampion macht's.«

Für einen Moment legte sich eine Stille über die drei, wie sie dastanden zwischen draußen und drinnen, wo sich noch immer die Schülerinnen und Schüler vorbeidrängten. Benny spürte seine riesigen Fußsohlen. Benny spürte den Wind, den jeder Vorbeieilende hinter sich herzog. Benny konnte hören, wie draußen zwei Krähen miteinander in Streit gerieten. Er schaute Frau Balzer an, um bloß nicht Fabienne anzuschauen, und sagte: »Aber …« Frau Balzer nickte ihm aufmunternd zu, immer nickte sie so aufmunternd. Als würde sie über ihn und viele andere immer denken, ach, der braucht doch bloß einen kleinen Schubs und dann wird das schon. Benny hatte vergessen, was er sagen wollte. Frau Balzer freute sich: »Das nehme ich als ein Ja, Benjamin!« Und Benny nickte und flüsterte »Gut«, aber das war so leise gewesen, das hatte wahrscheinlich niemand gehört. Er drehte um und ging los und schaute nicht mehr zurück und nahm nichts mehr wahr auf dem Nachhauseweg und wäre fast von einem alten Mann in neongelber, hautenger Kleidung auf seinem Liegerad überfahren worden. Der Mann rief ihm nach: »Mal Augen auf, Hans-guck-in-die-Luft!« Das verstand Benny auch nicht. Er verstand gar nichts mehr.

2

Die erste Probe fand schon übermorgen statt. Ab sofort immer donnerstags! Benny hatte das kleine gelbe Buch nicht angerührt. Er hatte das Gefühl, damit würde diese Sache erst real werden. Er wusste, dass das nicht funktionieren konnte. Er konnte nicht schauspielern, er konnte sich keinen Text merken, und er konnte das alles erst recht nicht, wenn er beim Schauspielen mit ihr, mit Fabienne, auf der Bühne stand. Dass er sich in sie verknallt hatte, ohne überhaupt jemals mit ihr gesprochen zu haben, dass er bei ihr vorbeispazierte, dass er auf dem Schulhof nach ihr Ausschau hielt und sie in seinen Gedanken mit sich herumtrug, war ein Geheimnis, eingeschlossen in eine kleine Schachtel in seinem Gehirn. Es war ein bisschen so wie mit dem gelben Buch, das er nicht anrührte: Wenn er niemandem davon erzählte, war es auch weniger real, und wenn er nicht mit ihr in Kontakt trat, auch das war ganz wichtig, würde sie es nie erfahren, und seine Gefühle würden vorbeigehen. Frau Balzer hatte ihm einen Strich durch die Rechnung gemacht.

»Ich komm heut später heim«, sagte er, als er an diesem Donnerstag morgens das Haus verließ, und dabei wollte es Benny informationstechnisch eigentlich belassen. »Warum?«, fragte seine Mutter hastig, bevor er die Tür hinter sich zuziehen konnte. »Ding …«, sagte Benny, der sich unter dem Türrahmen bücken musste, das Wachstum schien überhaupt nicht mehr aufzuhören. Er konnte seine Mutter nicht anlügen. »Theaterprobe.« Sie brach in meckerndes Gelächter aus. »Also doch! Die gute Frau Balzer. Das hätte ich nicht gedacht!« – »Ich muss da nur heute hin, nur um Bescheid zu sagen, dass ich das nicht machen kann.« Seine Mutter hörte sofort auf zu lachen und betrachtete ihren Sohn ganz ernst und mit zusammengezogenen Augenbrauen. »Du machst das mal«, erklärte sie dann. »Wenn man sagt, dass man was macht, dann steht man auch dazu.« – »Aber ich hab gar nicht …«, wollte Benny protestieren, doch sie war schon ins Nebenzimmer verschwunden.

Sie probten im sogenannten Mehrzweckraum. Manche sagten auch Aula, aber Aula, fand Benny, klang eigentlich viel zu fein für diesen immer etwas muffigen, staubigen und düsteren Raum, in dem im Sommer auch die Premiere stattfinden sollte. Benny war vorher ein paar Schleifen durchs Schulhaus gegangen, weil er nicht der Erste vor Ort sein wollte, aber natürlich auch nicht der Letzte, der reinkam und dadurch so etwas wie einen Auftritt bekam. Er wollte ungefähr zum dritten Drittel gehören, also musste er ungefähr zwei bis drei Minuten zu spät kommen. Er war Fabienne den ganzen Tag über aus dem Weg gegangen, damit sie ihn bloß nicht auf die Probe am Nachmittag ansprechen konnte. Das Aus-dem-Weg-Gehen gestaltete sich ziemlich schwierig, wenn man ungefähr zwei Köpfe größer war als alle anderen um einen herum. Die zweite Pause hatte Benny komplett auf der Toilette verbracht, und als Jojo ihn danach fragte, ob es ihm nicht gut gehe, hatte er gesagt: »Irgendwas Falsches gegessen, glaub ich.« – »Durchfall?« – »Ja, na ja, nur n' bisschen, geht schon.«

Jedenfalls war er erfolgreich gewesen, und Fabienne, die ihn bestimmt gern vor seinen Freunden gedemütigt hätte, hatte ihn nicht entdeckt. Als er den Mehrzweckraum betrat, sah er sie sofort. Sie saß im Schneidersitz auf der Bühne, ihre fetten schwarzen Stiefel lagen unten auf dem Boden. Benny stand gekrümmt in der Tür, und ihre Katzenaugen funkelten zwanzig Meter zu ihm rüber, und ihr Blick brannte auf seiner Stirn, und sie schmunzelte und flüsterte dem Mädchen, das neben ihr saß, etwas ins Ohr, das er natürlich nicht hören konnte. »Da ist er ja, unser Melchior.« So was wahrscheinlich. Frau Balzer eilte sofort auf ihn zu, breitete ihre Arme aus und packte ihn dann so komisch an den Schultern. Ihre kleinen Finger pressten sich fest in seine Oberarme. »Ach, unser Melchior, wie schön!« – »Frau Balzer«, sagte Benny, aber zu leise, wieder einmal zu leise, und sie hatte sich schon an die Gruppe gewandt, ungefähr fünfzehn Schülerinnen und Schüler, die allermeisten kannte er nicht beim

Namen. »Sind wir schon vollzählig?«, rief sie in die Hände klatschend. »Nein?«, sie schaute auf die Uhr. Sie wirkte ganz aufgekratzt, sie war in ihrem Element, sie wollte loslegen.

Frau Balzer schoss herum und wirbelte wieder auf ihn zu. »Du hast dich mit deinem Text, deiner Rolle inzwischen ein bisschen vertraut gemacht wenigstens, ja?« – »Nein, also, Frau Balzer …« – »Na, das ist schlecht, also, was heißt schlecht, das ist jetzt zumindest mal nicht gut, aber kein Drama«, sie musste über sich selbst lachen, Benny verstand nicht, warum, er war hier offenbar ganz und gar fehl am Platz. Er wagte einen Blick in Richtung Fabienne, auf der Bühne sitzend, Schneidersitz, auf einer schwarzen Strähne kauend; er war schon nicht mehr interessant für sie. Das Mädchen neben ihr, Benny kramte in seinem Gehirn, konnte aber keinen dazugehörigen Namen finden, erzählte irgendetwas und gestikulierte wild dabei. So machen die das hier, dachte Benny, solche Leute, die so gestikulieren, die machen Theatergruppe, nicht solche wie ich, und genau das wollte er, musste er unbedingt auch Frau Balzer mitteilen, aber die hatte sich für den heutigen Tag offenbar fest vorgenommen, ihn auf keinen Fall zu Wort kommen zu lassen. »Du schaust heute erst mal zu, und dann gucken wir mal, welche Szenen wie laufen, und am Ende besprechen wir schon mal, welche wir in der kommenden Woche auf jeden Fall wieder proben, und dann hast du bis dahin vielleicht schon ein bisschen Text drauf, kann ich mir vorstellen.« Benny blieb stumm. »Du kannst währenddessen mitlesen, ja? Das Buch hast du aber dabei!?« – »Ja«, sagte Benny, und Frau Balzer lächelte. Sie war ein lächelnder Marienkäfer. Ihr konnte man unmöglich böse sein.

Er stand auf der Bühne. Er wusste nicht, worum es in dem

Stück gehen würde. Es war ja auch nach wie vor ganz und gar unmöglich, dass er da mitmachte. Nicht auf dieser Welt, nicht in diesem Universum. Deswegen musste er auch gar nicht wissen, was die Handlung dieses Stücks, wie hieß das noch mal, »Frühlings Erwachen«, war. Die anderen standen ohne Buch in der Hand auf der Bühne. Wobei, nicht ganz alle. Benny verstand, dass Frau Balzer versucht hatte, den Melchior mit verschiedenen Jungs und auch Mädchen aus ihrer Truppe zu besetzen. Keiner hatte sie vollends zufriedenstellen können. Zuletzt war anscheinend Emre der Melchior gewesen und wäre es wohl auch gern geblieben. Der sah ja auch ziemlich erwachsen aus. Jetzt spielte Emre einen anderen, einen von Melchiors, also seinen, Freunden. Das heißt, korrigierte Benny seine Gedanken, würde einen von seinen Freunden spielen, wenn er, Benny, hier auch mitspielen würde, was natürlich nicht denkbar war. Frau Balzer sagte, sie sollten eine Aufwärmübung machen, und fing sofort an, seltsame Geräusche von sich zu geben – »Ba ba bi bo bu« – und dann ihre Lippen flattern zu lassen und dann zu prusten wie ein Elefant. Benny schaute sich um. Niemand schien sich zu wundern. Die anderen machten es ihr nach. »Auch du, Benjamin«, sagte Frau Balzer. Benny prustete. Was ging hier vor sich, wo war er hier hineingeraten?

Und plötzlich schüttelte die Balzer sich. Als hätte sie einen Krampf, ihre Arme, ihre Beine, ihr ganzer Körper wurde von Schauern durchfahren. Benny erschrak erst und bemerkte sofort: Es war wie mit den seltsamen Lauten. Der Rest der Gruppe fing sofort an, Frau Balzer nachzuahmen. Benny wollte nicht dazwischenstehen, ein steifer Stock inmitten dieser sich schüttelnden Menge. Also ließ er seine langen Gliedmaßen durch den Raum fliegen und wiegte sich dabei vor und zurück. Das ging, fand er, das konnte man machen, Aufwärmübungen, seinetwegen. Frau Balzer hob einen Arm, alle hörten auf mit dem Gezappel und standen auf einmal ganz wie eingefroren auf der Bühne. »Eines noch«, sagte sie, »wer will eines vorschlagen?« Sofort riefen alle durcheinander. Mega die Freaks, fand Benny, und dann hörte er, wie eine Stimme, die in seinem Leben erst ein einziges Mal zu ihm gesprochen hatte, markant durch das Geschrei schnitt wie ein Dolch. Die Stimme sagte: »Handflächen«, und Frau Balzer strahlte: »Das machen wir gerne«, und teilte die Gruppe in zwei Hälften. Benny fand sich auf der rechten Seite wieder. Fabienne, die das Spiel vorgeschlagen hatte, auf der linken.

Frau Balzer fasste die Regeln noch einmal zusammen, wahrscheinlich nur, weil er jetzt dabei war. Er befand sich in der Gruppe der Vorausgeher. Die in der anderen Gruppe mussten sich je einen von ihnen aussuchen und ihm auf seinem Weg über die Bühne folgen. Irgendwann musste der Vorausgeher stehen bleiben, seine Hände vor sich ausstrecken und einen Körperteil nennen, mit dem der Hinterhergeher die ausgestreckten Handflächen berühren musste. Dann ging es weiter. Benny verstand den Sinn dieses Spiels nicht, noch was das mit Aufwärmen zu tun haben sollte. Beim Tischtennis wärmte man sich auf, indem man um die Platte rannte, und dann war man warm. Das machte Sinn. Dieses Handflächen-Spiel hingegen – er stellte fest, dass alle anderen um ihn herum bereits in Bewegung waren. Benny musste sich durch die kreuz und quer über die Bühne laufenden Schauspielerinnen und Schauspieler hindurchschlängeln. Er ging immer dahin, wo gerade Platz war. Er fühlte sich beobachtet, bekam Angst, er könnte etwas falsch machen, und vergaß darüber, dass ihm ja wahrscheinlich irgendjemand folgte und er irgendwann stehen bleiben und irgendetwas mit den Händen machen musste.

Fabienne tippte ihm auf die Schulter. Benny wusste im Moment des Tippens natürlich nicht, dass sie das war, die ihm gefolgt war. Er drehte sich um, und da stand sie und grinste frech, natürlich, weil sie ihm ganz genau ansehen konnte, wie unangenehm ihm das alles war. Sie biss sich auf die Unterlippe. Seine Arme baumelten schlaff an seinem Körper herunter. Sie wartete auf irgendetwas. »Deine Hände«, flüsterte Fabienne, und Benny riss seine Arme nach oben, als würde sie ihm eine Pistole auf die Brust halten. »Bisschen weit«, sagte Fabienne. Er senkte seine Hände etwa auf seine Brusthöhe. Sie wartete immer noch auf etwas. Aber Benny funktionierte gerade nicht. Sein Gehirn war ein Schutthaufen, über den der Wind wehte. »Und jetzt …«, sagte sie. »Nase«, platzte es plötzlich aus ihm heraus. Er war selbst ganz überrascht. Er hatte das richtig sehnsüchtig gesagt, als würde er sich nichts mehr wünschen auf der Welt als ihre Nase an seinen Handflächen. Sie grinste wieder, was bedeuten konnte, dass ihr das gefiel oder dass sie sich über ihn lustig machte. Und dann sprang sie ein bisschen hoch, zwei Mal, um mit ihrer Nase seine Handflächen erreichen zu können. Er drehte sich um und ging weiter.

Die erste Szene, die geprobt wurde, war nicht die erste im Buch, sondern die dritte des Stücks »Frühlings Erwachen« von Franz oder Frank oder so Wedekind. »Wedelking«, sagte Emre, und die meisten lachten. Benny hatte Frau Balzer gerade noch mitteilen wollen, dass er sich jetzt wieder verabschieden würde, und sie hatte ihm einmal mehr das Wort abgeschnitten und ihn angewiesen, jetzt besonders gut aufzupassen. Benny setzte sich in den Zuschauerbereich, dritte Reihe, um flüchten zu können, wenn nötig. Die anderen winkten ihn nach vorne. Jetzt saß er direkt vor der Bühne. Fabienne war oben geblieben und mit ihr noch zwei, die ihre besten Freundinnen spielten. Benny kam es seltsam vor, ihnen so zuzusehen, bevor das Stück fertig war und für Zuschauer gedacht. Er fühlte sich wie ein Eindringling. Gleichzeitig hing er natürlich an ihren Lippen, sobald Fabienne den Mund aufmachte. Ihre Stimme war klar und prägnant, ihren Mund umspielte immer ein spöttisches Lächeln. Eigentlich passierte hier gar nichts, fand Benny, außer dass die drei sich unterhielten, und trotzdem konnte er nicht mehr wegsehen und nicht mehr weghören und wusste nicht recht, warum eigentlich. Benny verstand, dass die Figuren in diesem Buch ungefähr in seinem Alter waren, vielleicht etwas jünger. Aber sie sprachen komisch und verwickelten sich im Gespräch in richtig philosophische Gedanken. Das blonde Mädchen, das vorhin mit Fabienne gesprochen hatte, sagte zum Beispiel: »Wenn ich einmal Kinder habe, lasse ich sie aufwachsen wie das Unkraut in unserem Blumengarten.« Fabienne spielte das fröhlichste der drei Mädchen, wirkte weniger geknickt als ihre Freundinnen. Die drei spazierten plaudernd über die Bühne, vor und zurück und im Kreis. Frau Balzer ging an manchen Stellen dazwischen, korrigierte, verlangte immer wieder, dass sie noch lauter und noch lauter sprachen und nicht einfach vor sich hin schlenderten, sondern jeden Schritt bewusst auf die Bühne brachten. Einen Schritt bewusst auf die Bühne bringen. So etwas hatte Benny noch nicht gehört. Es kam ihm einigermaßen unsinnig vor.

Am Ende der Szene stand Fabienne ganz vorne an der Kante,

ihre Fußspitzen schauten gerade so über die Bühne. Sie wartete einen Moment, in dem Benny das Blut in seinem Kopf pulsieren hörte. Dann bewegte sie ihren Kopf ganz leicht nach links, damit ihr Blick auf ihm ruhte. Das hatte sie bewusst so gemacht. »Melchi Gabor sagte mir damals«, sagte Fabienne, »er glaube an nichts – nicht an Gott, nicht an ein Jenseits – an gar nichts mehr in dieser Welt.« Die Stille, die den Mehrzweckraum danach ausfüllte, war fast unerträglich. Als hätte Fabienne seinen Kopf gepackt und unter Wasser getaucht. Er hatte sich angesprochen gefühlt, und als würde sie über ihn sprechen, ihn persönlich meinen, und ihre Worte hatten fast so geklungen, als interessiere sie sich für ihn oder für diesen Melchior und – Er hatte den Inhalt ihrer Worte schon wieder vergessen.

Zu Hause angekommen, ignorierte Benny die drängenden Fragen seiner Mutter, wie es denn gewesen sei, ob jetzt ein Schauspieler aus ihm würde, der nächste, na ja, Ryan Gosling, haha. Er spürte das gelbe Buch und seine harten Kanten in seiner hinteren Hosentasche, er hatte es die ganze Zeit auf dem Heimweg gespürt. Als wäre es lebendig geworden und verlangte jetzt von ihm, herausgeholt zu werden. Das war natürlich Quatsch. Und trotzdem hatte ihn das, was er da gehört hatte in der knappen Stunde Theaterprobe, neugierig gemacht auf dieses »Frühlings Erwachen«, neugierig auf eine Art, die er bisher nicht gekannt hatte: Er musste da sofort, jetzt gleich reinschauen und hatte keine Zeit, sich vorher von seiner Mutter aufziehen zu lassen.

Benny saß auf seinem Bett und blätterte durch die dünnen Seiten des Buchs. Er musste sich erst daran gewöhnen, einen Theatertext zu lesen, aber nach ein paar Seiten funktionierte das ganz gut, und in seinem Kopf plapperten die Stimmen seiner Mitschülerinnen und Mitschüler miteinander, wie er sie gerade eben gehört hatte. Er fand die Textstelle wieder, an der Fabienne über ihn gesprochen hatte. Das Mädchen, das sie spielte, hieß Wendla und war gerade vierzehn geworden, weshalb ihre Mutter ihr Kleid verlängert hatte. Manchmal sagte Wendla so düstere Sachen dahin. Dass sie sich vorstellen würde, sie wäre tot. Und dann gab es da eben diesen Melchior, seine Rolle. Das war anscheinend der schlaue Typ in dem Stück, ausgerechnet. Er klang erwachsener, weniger aufgeregt als seine Freunde. In vielen Gesprächen der Jugendlichen in dem Buch ging es darum, dass keiner eine Ahnung hatte, wie die Menschen sich fortpflanzen, und alle zerbrechen sich ihre Hirne darüber, und ihre Eltern erzählen ihnen im Ernst irgendwas vom Storch. Nur Melchior eben, der hatte sich das alles heimlich angelesen und schrieb seinem Kumpel Moritz einen ganzen Aufsatz darüber, wie das so geht. Benny konnte das Buch nicht mehr weglegen. In der fünften Szene ist Melchior auf einmal mit Wendla zu zweit im Wald, und erst plaudern die beiden harmlos über Waldmeister, und dann fängt Melchior wieder mit seinem philosophischen Kram an, und Benny machte es sogar ein bisschen stolz, wenn Melchior Sätze sagte wie: »Ich sehe dich, Wendla Bergmann, deine Locken schütteln und lachen, und mir wird so ernst dabei wie einem Geächteten.« Wie einem Geächteten! Benny wünschte, er könnte so sprechen. Und dann aber, am Ende der Szene, wünscht sich Wendla, dass Melchior sie mit einer Gerte schlägt. Weil sie so gern wüsste, wie sich das anfühlt. Und Melchior will das natürlich nicht tun, er weigert sich, aber Fabienne, äh, Wendla redet weiter auf ihn ein, bis er diese Rute nimmt und ihr auf die Beine schlägt, einmal und noch mal und immer wieder, bis er irgendwie die Kontrolle verliert und sie so richtig verdrischt und danach heulend davonrennt.

Benny verstand nicht, warum das passierte. Aber er zweifelte nicht daran, dass es passiert war. Er, also Melchior, hatte das getan. Und beide waren so alt wie er oder jünger. Das ganze Buch wurde ihm auf einmal gruselig. Und umso mehr musste er weiterlesen. Fast überflog er die Momente, in denen es nicht mehr um Wendla und Melchior ging. Bis Benny die vierte Szene im zweiten Akt entdeckte. Wieder sind die beiden zu zweit. Melchior hat sich auf einen Heuboden zurückgezogen, wo er eigentlich alleine herumliegen will. Melchior schickt Wendla fort, aber die lässt sich nicht abwimmeln, und sie sagt immer, dass er sie nicht küssen soll, während sie sich ihm ganz eindeutig nähert, also ja anscheinend doch geküsst werden will! Und Wendla sagt: »Man liebt sich, wenn man küsst.« Und Benny erinnerte sich, dass ihre Mutter es nicht fertiggebracht hatte, ihr das mit der Fortpflanzung anständig zu erklären und ihr stattdessen verkauft hatte, dass Frauen schwanger würden, wenn sie einen Mann einfach nur sehr stark liebten. Und Melchior sagt: »Wendla!« Und Benny wurde einfach nicht klar, ob da jetzt ein Kuss stattfindet oder nicht oder noch viel mehr. Er las die Stelle immer wieder. Was sollten diese Striche zwischen den Worten bedeuten? In seinem Kopf küssten sie sich. Melchior und Wendla. Fabienne und er. Er legte das Buch weg. Es pulsierte auf seinem Nachttisch vor sich hin.

Am nächsten Tag nahm er es mit in die Schule. Benny hatte sich noch nicht getraut weiterzulesen. Aber er hatte auch kaum schlafen können, weil ihm diese Stelle nicht aus dem Kopf gegangen war. Das änderte irgendwie alles oder vielleicht andererseits auch nicht, er musste mit irgendjemand darüber sprechen und es kam natürlich nur Jojo infrage. Aber wie? Es passte Benny nicht, dass Jojo auf dem Wege nicht nur davon erfahren würde, dass er in Fabienne verknallt war, sondern auch, dass er sich von Frau Balzer hatte überreden lassen, zur Theaterprobe zu gehen. Beides wertvolle Geheimnisse, die eigentlich niemanden etwas angingen. Aber jetzt kam er allein eben nicht weiter. Da konnte man nichts machen.

Jojo merkte sofort, dass mit Benny irgendwas nicht stimmte. Benny wirkte nervös, rutschte auf seinem Stuhl herum, kaute noch bibermäßiger als sonst auf seinen Stiften, wäre einmal fast vom Stuhl gefallen und hatte keine Ahnung, worum es ging, als Herr Schmied ihn nach dem Bau der Berliner Mauer fragte. Gut, es war in dem Sinne nicht besonders schwer, ihm etwas anzumerken, und dass ihm etwas zu schaffen machte und durch den Kopf ging, wäre nicht nur Jojo aufgefallen. Zwischen den Stunden blieb nicht genug Zeit, um Jojo das ganze Ausmaß dieser Katastrophe – oder andererseits, was ist das Gegenteil von Katastrophe? –, na ja, die Sache jedenfalls deutlich zu machen. Sie mussten bis zur Pause warten, und Benny ging wortlos voraus mit dem Buch in der Gesäßtasche zu dem schmalen Gang zwischen Sporthalle und Hecke, wo man vielleicht und hoffentlich kurz ungestört sein konnte. Benny war aufgeregt, als stünde er nicht seinem besten Freund, sondern ihr gegenüber. »Ich hab dir doch von Fabienne erzählt«, sagte er scheinheilig und wusste ganz genau, dass er nie ein Wort über sie verloren hatte. »Was, wen?«, fragte Jojo. »Na, die …«, stöhnte Benny und fing dann einfach ganz am Anfang an, und es gelang ihm doch halbwegs, die Sache zusammenzufassen. Dass ihm dieses Mädchen aus der Elften nicht aus dem Kopf ging, und zwar schon seit Monaten, und dass er nicht wüsste, was er da machen sollte, weil die schnell wieder aus seinem Kopf verschwinden musste und er aber andererseits gern in ihrer Nähe wäre. Und dass jetzt die Balzer mit diesem Melchior-Ding angefangen habe und ihn für ihr Stück haben wolle und er da hingegangen sei, eben vielleicht auch wegen diesem Mädchen aus der Elften, und jetzt … Benny blätterte mit schwitzigen Fingern durch das Buch und zeigte auf die Stelle, die Jojo schnell überflog und verstand. »Die aus der Elften, die ist dann Wendla, oder?« – »Ja.« – »Na mega, oder?« – »…« – »Na, hätte doch nichts Geileres passieren können!« – »…« – »Du hast Erlaubnis, die zu knutschen, Mann. Und bis dahin probt ihr und sagt euch gegenseitig so schlaue Sachen, die ein anderer für euch geschrieben hat, und dann lernt ihr euch kennen und kommt euch näher, und wenn dann der Kuss erst mal da ist, boom«, Jojo machte eine Geste, als würde sein Kopf explodieren. »Also bei ihr, so, ich bin jetzt sie«, er wiederholte die Geste. »Und du so«, Jojo fing an, die Luft abzuschlabbern wie ein durstiger Hund seinen Napf.

Benny suchte nach einem Einwand in seinem Kopf, er suchte nach einer Ausflucht, nach einem Grund, warum er jetzt, also morgen, ganz dringend das Land verlassen musste, und zwar für mindestens sechs Monate. Er fand nichts. Er sagte: »Aber ich kann das nicht.« – »Was?« – »Das alles. Das ist mir megaunangenehm.« – »Das Theaterspielen oder das Knutschen?« – »Beides, denke ich.« Jojo nickte nachdenklich. »Wir kriegen das schon hin«, sagte er. – »Wir?«, wollte Benny wissen. – »Ja, na ja, ich halt, ich krieg das hin mit dir.« – »Weil du so viel Erfahrung hast auf dem Gebiet?« Jojo schmunzelte, Benny auch. Sie wussten, wie verdammt aussichtslos es war, aus Benny einen Schauspieler zu machen. Oder einen Liebhaber. »Komm mal heut Abend zu mir«, sagte Jojo. – »Ich weiß nicht«, antwortete Benny. »Vielleicht geh ich am besten jetzt gleich zu der Balzer und sag ihr, dass das nichts wird, dass ich das nicht machen kann.« Wie eine Schlange, die aus einer Höhle heraus attackiert, schnappte Jojos Hand nach Bennys Arm und packte ihn direkt am Handgelenk. »Nicht wenn ich das verhindern kann. Du machst das, Junge, sei bitte kein Idiot.« Für einen Moment standen sich die beiden Freunde so gegenüber, im Durchgang zwischen Turnhalle und Hecke. Jojo flehte geradezu mit seinem Blick. Benny war an ihn und seine Schlangenhand gefesselt. Dann klingelte es. Die Pause war vorbei, Jojo löste seine nasse Hand von Bennys Handgelenk. Und Benny wusste immer noch nicht so recht.

3

Am frühen Nachmittag verließ Benny die Schule, das Buch war wieder an seinem Platz in der hinteren Hosentasche und es pulsierte auch nicht mehr. Benny nahm nicht den Bus, er wollte laufen und allein sein. Benny überlegte, mehr um sich abzulenken, welche Ausrede er glaubhaft vorbringen konnte, um später nicht bei Jojo aufschlagen zu müssen. Als der Bus sich ächzend von hinten ankündigte, spielte er mit dem Gedanken, jetzt, also etwa zweieinhalb Sekunden, bevor er an ihm vorbei war, einen Schritt nach links zu machen und sich den Bus über den

Fuß fahren zu lassen. Würde asozial wehtun, klar, der Fuß wäre Matsch, völlig klar, würde aber ja wohl ziemlich sicher wieder zusammenwachsen, und in der Zwischenzeit müsste Benny weder seinen bescheuerten Freund besuchen, der irgendwelche Ideen ausheckte, noch zu irgendwelchen Proben gehen, und solange er im Krankenhaus läge, würde er vielleicht auch noch Besuch bekommen, zum Beispiel von seinen Kolleginnen und Kollegen aus der Theatergruppe … Der Bus rauschte vorbei. Benny erschrak etwas über seine Gedanken.

Zu Hause nahm er sofort wieder das Buch in die Hand. Er ging direkt rein in diesen Text, und als er feststellte, dass er gerade dabei war, nach Melchiors Stellen zu suchen und diese immer wieder zu lesen, dass er also gerade dabei war, seinen Text zu lernen, kam es Benny ein bisschen so vor, als hätte er sich selbst bei einer verbotenen Sache ertappt. »Ich habe es teils aus Büchern, teils aus Illustrationen, teils aus Beobachtungen in der Natur. Du wirst überrascht sein; ich wurde seinerzeit Atheist.« Dieser Melchior, fand Benny, war nicht die schlechteste Rolle, um schlau dazustehen, vor der Klasse und vor gewissen Einzelpersonen. Er legte das Buch wieder weg. Er nahm das Buch wieder auf. »Das Leben ist von einer ungeahnten Gemeinheit«, fand Melchior. Da stimmte Benny ihm zu. »Ich hätte nicht übel Lust, mich in die Zweige zu hängen.« Das fand er ein bisschen arg drastisch, andererseits hatte er vorhin erst selbst mit dem Gedanken gespielt, seinen Fuß vom Bus überfahren zu lassen. Er musste wissen, er wollte herausfinden, was mit diesen jungen Leuten los war.

Jojo empfing ihn mit einem Tablett in den Händen. Er saß auf seinem Schreibtischstuhl, das Tablett vor sich auf den Oberschenkeln. Auf dem Tablett lag Obst, Aprikosen und Äpfel. Benny hatte keinen Appetit auf Obst. Jojo hielt sich nicht lange mit einer Begrüßung auf. »Ich denke, ich muss ehrlich sein«, sagte er. »Ich kann dir wahrscheinlich nicht so gut dabei helfen, dass du ein krasser Schauspieler wirst.« – »Ja, danke«, antwortete Benny. Das Obst sah sehr reif aus, fand er, die Aprikose weich, fast matschig, der Apfel außen braun und runzlig. »Aber ich hab ein bisschen recherchiert«, fuhr Jojo fort. »Und es ist ja so: Das Küssen ist eine natürliche Sache, die man lernt, und wenn man ein bisschen Übung hat, wird man besser und –« Benny versuchte, ihn zu unterbrechen: »Moment, halt, stopp.« – »Und im Normalfall hat man ja einen Partner oder eine Partnerin, um das zu üben«, machte Jojo einfach weiter. »In deiner Situation jetzt ist es, glaube ich, also sage ich jetzt mal so, nachdem ich mich, wie gesagt, ein bisschen eingelesen habe, nicht so schlecht, wenn man nicht ganz unvorbereitet an die Sache rangeht.« – »Was, unvorbereitet?« Jojo hielt ihm das Tablett hin. »Ist sie, wie heißt sie noch mal? Fabi, ist sie eher so der aprikosige oder apfelige Typ?« – »Hä, bist du irgendwie dumm oder so?« – »Na ja, im Ernst, keine Ahnung, wie riecht sie denn? Bei was kannst du dir eher vorstellen …?« – »Was soll ich da machen?« – »Üben«, sagte Jojo. »Das ist so ein alter Trick anscheinend. Ein Loch da reinbeißen und dir dann vorstellen, dass das ihr Mund wäre.« – »Ein Loch in dem Obst ist ihr Mund?« Benny kam sich verarscht vor. »Ja, na ja«, sagte Jojo. »Also, ja. Besser wie kein Mund, finde ich.« Er nahm den Apfel vom Tablett. »Ich mach auch mit, okay? Komm schon, das ist keine dumme Idee. Einfach damit man so ein Gefühl bekommt für einen Rhythmus oder so.« Er biss ein Stück aus dem Apfel, das ungefähr den Durchmesser eines Zweieurostücks hatte. Dann zeigte er mit dem Finger auf den Rand des Lochs. »Obere

Lippe, untere Lippe und leicht geöffneter Mund dazwischen, na ja, vielleicht bisschen zu viel gebissen, egal jetzt.« Benny musste lachen.

Die ganze Situation war absurd. Er saß auf dem hässlichen blauen Sofa im Dachkammerzimmer seines Freundes und sollte hier an einer matschigen Aprikose küssen üben? »Und als Nächstes?«, fragte er. »Stecken wir dann unsere …« – Jojo grinste und zog die Augenbrauen hoch. »Ja, keine Ahnung, beim ersten Date … wenn du so drauf bist, klar.« Er stellte das Tablett auf Bennys Oberschenkeln ab und hielt sich seinen Apfel vors Gesicht. »Endlich sind wir allein«, flüsterte Jojo. »Ich hab so lang auf diesen Moment gewartet.« – »Bah«, rief Benny. »Bitte nicht, das ist megaunangenehm.« Aber Jojo ließ sich nicht aufhalten, Apfel und Gesicht näherten sich langsam aneinander an, bis Jojo seinen Mund über das hineingebissene Loch stülpte und leidenschaftlich anfing, mit dem Apfel herumzumachen. Er hielt die Augen geschlossen und stöhnte, alles nur, um Benny zu provozieren, schon klar. Benny seufzte und griff nach der Aprikose. Allein schon, um sich abzulenken, um sich dieses traurige Schauspiel nicht länger mit anschauen zu müssen. Er biss ein Loch in die samtige gelbe Haut. Das Innere leuchtete ihn an, es schien sehr flüssig. Als Benny zu seinem ersten Obstkuss ansetzte, hielt sein Freund Jojo ihm gegenüber inne und schielte zu ihm rüber. Benny spürte die weiche Haut der Aprikose, er schloss ebenfalls die Augen, für einen Moment blitzte das Bild ihres Gesichts in seinem Gehirn auf, die dunklen Katzenaugen, das spöttische Lächeln, und ein kleiner Schauer wie eine Gänsehaut platzierte sich auf seinem unteren Rücken. Er konnte sich das vorstellen. Vielleicht fühlten sich Lippen so an, ansatzweise so ähnlich zumindest. Benny küsste die Oberlippe, er küsste die Unterlippe, er versuchte, auf einen Rhythmus zu achten, er blieb mit seinen Zähnen im weichen Fleisch hängen. Die Aprikose war wirklich überreif, viel zu weich, viel weicher als ein Mensch. Benny schnitt hinein wie ein Messer, ein saftiges Stück löste sich und landete direkt auf seiner Hose, Benny erschrak, und die Aprikose glitschte ihm aus der nass-klebrigen Hand, landete auf dem Boden, kullerte noch zwei Zentimeter und sammelte dabei allerhand Staub und Chipskrümel auf wie eine Fusselrolle. »Scheiße«, sagte Benny, »sorry.« Jojo grinste zufrieden. »Nix sorry.« Er hob die fusselige Aprikose vom Boden auf, legte sie zurück aufs Tablett. »Erste Stunde erfolgreich absolviert. Das war schon sehr gut. Nur beim nächsten Mal die Partnerin nicht kaputt beißen.« – »Ja okay«, sagte Benny. Jojo schaute ihn ernst an und holte tief Luft, weil er sich anscheinend überwinden musste, das loszuwerden, was er sagen wollte: »Du kriegst das hin«, sagte er. »Ich glaub an dich, okay? Im Ernst, ich kenn dich jetzt seit ewig, und ich kenn dich wahrscheinlich besser als du selbst, und ich kann mir wirklich, kein Scheiß, vorstellen, dass du das voll okay machst. Und ich bin in der ersten Reihe und da für dich, und … wenn du nicht kannst, dann springe ich ein und knutsch die Lady für dich.« – »In der letzten«, sagte Benny, »wenn das stattfindet, bist du bitte in der letzten Reihe oder noch besser eigentlich draußen oder daheim oder ganz weit weg, Afrika oder so.« – »Okay«, Jojo nickte, »sagen wir in der letzten.«

In der Nacht lag Benny wach. Er fühlte sich müde, richtig erschöpft, aber sein langer, dünner Körper weigerte sich einfach einzuschlafen. Er wälzte sich, versuchte jede denkbare Schlafposition. Immer störte etwas, immer drückte irgendwo ein Bettdeckenknopf, und wenn nicht, kam es ihm auf einmal schrecklich heiß vor in seinem Zimmer, dass er sofort die Decke loswerden musste, woraufhin es ihm natürlich viel zu kalt wurde. Jedes Mal, dachte Benny, wenn man zwischendurch die Augen aufschlägt, hat man quasi verloren und wird wieder auf null gesetzt und muss wieder ganz von vorne anfangen auf diesem Weg in Richtung Schlaf. Er streckte sich nach seinem Handy. Es blendete ihm jede Müdigkeit aus dem Gehirn. Gleich halb zwei und morgen um acht in die Schule. Er hatte mal irgendwann gelesen, dass es nichts brachte, wach herumzuliegen, wenn man Schafstörungen hat, weil man sich auch nicht dazu zwingen kann, das machte es eher noch schlimmer. Benny suchte nach dicken Socken. Draußen war es jetzt ziemlich kalt.

Es war ihm den ganzen Tag über nicht gelungen, einen klaren Gedanken zu fassen. Vielleicht, dachte Benny, hilft es ja, wenn man etwas geht. Die Nacht war irgendwie dunkler als sonst. Benny dachte beim Gehen nicht darüber nach, wohin er ging. Er durchkämmte seine Nachbarschaft, die größtenteils aus ziemlich schmucklosen Wohnblock-Riegeln bestand, die aber wenigstens noch von Grünstreifen unterbrochen wurden, und auf manchen Grünstreifen standen rostige Klettergerüste, und in manchen Gebüschen hatten die Leute im Sommer ihren Kugelgrill einfach stehen lassen. Jeder dieser kasernenähnlichen Riegel sah eigentlich ziemlich gleich aus, und trotzdem wusste Benny immer ganz genau, wo er sich befand und wo die Leute wohnten, die er kannte. Er hatte lange genug hier gelebt, um alle kleinen Details zu kennen, die eine Hausnummer, die rot war statt blau, der eine Balkon mit dem gelb und weiß gestreiften Sonnenschirm, der immer so übers Geländer baumelte, aber nie runterfiel, der eine

Pfad, der im Gegensatz zu den anderen Wegen zu einer dichten Hecke führte, in die man eindringen konnte, und drinnen gab es eine Art Hohlraum, der einen umschloss. Wenn man sich in der Hecke befand, war man von außen praktisch nicht zu sehen. Und hier hatten sie sich früher immer getroffen, Jojo und er, noch bevor sie gemeinsam aufs Gymnasium gewechselt waren, Treffpunkt in der Hecke. Hier hatten sie Pfeile geschnitzt und nach Regenwürmern gegraben und sich ausgemalt, ob sie vielleicht, irgendwann, jemals ein Mädchen küssen würden und wen. Aber so richtig vorstellen, dass das irgendwann eh passieren würde, konnten sich die beiden das nicht.

Benny war gerade an dem Pfad zur Hecke vorbei und dann noch zwei Querstraßen weiter und dann links. Er lauschte seinen Schritten. Er hielt sich in Erinnerungen auf, nicht in der Gegenwart. Nur jede zweite Straßenlaterne leuchtete, Benny vergrub sein Kinn in der Jacke, das Geräusch einer zweiten Person gesellte sich zu dem seiner Schritte. Jemand war hinter ihm. Benny wollte sich nicht umdrehen. Es kam ihm unheimlich vor, wer sollte hier jetzt noch um diese Uhrzeit unterwegs sein? Aber wahrscheinlich, beruhigte er sich, extrem harmlos. Jemand, der jetzt zur Arbeit muss wie ein Bäcker oder so, oder jemand, der jetzt gerade von der Arbeit kommt, weil Nachtschicht. Und gleich wird die Person abbiegen, Benny befand sich nun in einer Gegend mit Einfamilienhäusern, und sich vorsichtig zu seinem Partner oder seiner Partnerin ins Bett legen. Die Schritte wurden schneller. Nicht hektisch schneller, sondern bestimmt. Benny hörte eine Jacke rascheln und einen flachen Atem durch die kalte Luft pfeifen. Dann spürte er, ganz leicht nur, als wäre dort ein Schmetterling gelandet, eine Berührung an der Schulter.

»Warte doch mal«, sagte Fabienne und grinste. Ihr Kopf war von einer schwarzen Kapuze eingerahmt. Er hatte sich in ihre Gegend bewegt, mal wieder, seine Füße hatten ihn gewohnheitsmäßig hierher getragen, und da vorne war das Zimmer mit dem warmen Licht, an dem er so oft so absichtlich vorbeigekommen war. Benny antwortete nichts. Wahrscheinlich befand er sich in einem Traum, von daher war das eh egal. »Was machst du denn, Melchior?«, fragte Fabienne. Ihr Mund öffnete sich und sprach zu ihm. Vielleicht doch kein Traum. »Ja …«, sagte Benny. »Und du?« Er fragte sich, ob er sehr leise gesprochen, ob sie ihn überhaupt gehört hatte. Zur Antwort stieß sie zuerst etwas Luft aus der Nase aus. »Ich bin voll oft um die Zeit unterwegs. Weißt du, was ich finde?« – »Nee.« – »Das ist die beste Zeit zum Nachdenken.« – »Ja, ich weiß«, sagte Benny. Er wollte unbedingt, ganz dringend souverän klingen und am besten dabei auch noch zwei Jahre älter, als er war. »Find ich auch.« Wieder schmunzelte sie unter ihrer Kapuze hervor. »Und, bist du schon fertig mit Nachdenken oder wollen wir noch ein Stück zusammen gehen?« – »Nee«, sagte Benny. Sein Körper fühlte sich an, als würde er vom nächsten Windstoß einfach umgeblasen werden, mit dem Gesicht in den Laubhaufen, der da lag. »Also ja, können wir … gerne.«

Fabienne lief ein Stück vor ihm. Es war nicht ganz einfach, mit ihr Schritt zu halten, obwohl sie kleinere Schritte machte. Aber, das war Benny vorher noch gar nicht so aufgefallen, sie war auch recht groß eigentlich. Er überragte zwar auch sie, aber nicht um viel mehr als einen Kopf. Zuerst schwiegen sie, was aber okay war, sie hatte das so eingefordert. Sie müsse erst noch zu Ende denken, hatte sie gesagt, was Benny ziemlich gut gefiel und auch ihn motivierte, sich noch einmal mit seinem kleinen bis großen

Problem zu beschäftigen. Er kam recht schnell zu dem Schluss, dass man jetzt, angesichts dieser neuen Entwicklungen, gar keine Aussage treffen konnte. Manchmal nickte sie beim Gehen vor sich hin, als sei sie ganz zufrieden mit den Gedanken, die ihr so kamen. Es war jetzt wahrscheinlich zwei oder schon etwas später. Er hätte schlafen müssen, um morgen nicht wieder so neben sich zu stehen im Unterricht. Er fühlte sich, als würde er nie wieder schlafen. Die Situation fühlte sich an wie extremer Stress, aus dem man sich unbedingt sofort entfernen möchte bei gleichzeitiger absoluter Glückseligkeit: Vor zwei Wochen wäre es für Benny noch absolut undenkbar gewesen, jemals auch nur ein Wort mit diesem Menschen zu wechseln. Jetzt war es schon zum zweiten Mal passiert.

Plötzlich blieb sie wieder stehen. Sie waren an der Ecke mit dem Spielplatz angekommen, Bushaltestelle gegenüber. Kein Auto auf den Straßen, nichts. Sie fing an, ihn ganz eindringlich zu mustern. Und es war wirklich ein Mustern, kein Anschauen, sie setzte ihren Blick oben an und ließ ihn dann über seine Stirn, sein Gesicht, seinen Oberkörper gleiten bis zu seinen Schuhen und wieder hinauf, als sei sie eigentlich kein Mensch, sondern so ein Menschenscanner, und wäre gerade dabei, eine perfekte virtuelle Version von Benny anzufertigen. »Ich hab mich ja am Anfang schon gefragt, was sich die Balzer denkt«, sagte sie dann. »Okay«, murmelte Benny und lachte dann schnell, damit sie bloß nicht den Eindruck bekam, sie hätte ihn gekränkt. »Aber jetzt«, fuhr sie fort und machte eine Schnute, »seh ich es so langsam. So wie wenn dein Lieblingsbuch verfilmt wird, und dann stellen sie den Schauspieler für den Hauptdarsteller vor, und du bist erst voll enttäuscht, weißt du, was ich mein, weil der natürlich nicht so ausschaut wie in deinem Kopf, aber dann gewöhnst du dich an den Gedanken, und je häufiger du ihn dir anschaust, desto besser funktioniert das irgendwie, und dann siehst du irgendwann den Film und merkst: Du weißt gar nicht mehr, wie der Typ in deinem Kopf eigentlich aussah.« – »Okay«, sagte Benny und war verwirrt. »Du müsstest nur irgendwie«, grübelte sie, »deine Schüchternheit ablegen. Wobei, keine Ahnung, ich bin ja auch schüchtern, meistens. Das wird schon …« Benny kam sich vor, als sei er plötzlich in ein Casting geraten. Fabienne beurteilte ihn und wägte ab, ob das was werden konnte, mit ihm und der Rolle. Und er stand da und brachte keinen Ton heraus. Du musst auch mal was sagen, mahnte Benny sich selbst, stumm natürlich. Und dann in laut: »Ja, keine Ahnung ehrlich gesagt, ob ich das machen will so …« – »Hm?« – »Ja, danke, also dass du das siehst und so, aber ich hab so was nie gemacht, und ich glaub, ich kann das gar nicht.« Fabienne überlegte und drückte dabei an ihrer leicht stupsigen Nase herum, die ganz rot war vor Kälte. »Hm, hm, hm«, machte sie. »Ich glaube ja, es ist so: Wenn du willst, dann kannst du auch, und wahrscheinlich sogar besser als alle anderen. Nur an deiner Stimme müssen wir vielleicht noch was machen. Damit die Leute dich auch hören. Aber du musst erst mal bloß daran arbeiten, also dass du das auch wirklich willst. Verstehst du?« – »Denke schon.« – »Cool.« – »Darf ich noch was fragen?« – »Hä, logisch.« – »Wieso Lampion?« – »Oh«, sie hielt sich eine Hand vor den Mund, aber Benny glaubte ihr die Scham nicht wirklich. »Na ja, du bist so, so riesig, und dein Kopf ist manchmal rot, und dann schwebt der so …«, sie kicherte, »sorry.« – »Ist okay«, sagte Benny und fand, dass er sich jetzt wirklich zufriedenstellend souverän anhörte. »Cool«, sagte sie. Eine Pause entstand. Irgendwo ging eine Klospülung hinter einem gekippten Fenster. Fabienne nickte bestimmt. »Ich fänd's cool, wenn du dabei bist. Und dann sag ich auch nicht mehr Lampion, versprochen. Zu niemand.« – »Okay«, sagte Benny. »Okay?«, fragte Fabienne. »Okay«, wiederholte Benny, und war sich nicht sicher, was er da gerade versprach. »Ich muss dann«, Fabienne deutete mit dem Daumen über ihre Schulter. »Meine Nase friert ab.« – »Ja, stimmt«, sagte Benny, und Fabienne lachte plötzlich laut auf. »Du bist irgendwie sauwitzig, ohne dass du es selber weißt.« Benny hob die Schultern. »Danke fürs Mitnachdenken und so«, sagte Fabienne. »Hat ganz gut geholfen. Wir sehen uns in der Probe.«

Und weg war sie. Und Benny stand an der Kreuzung mit dem kleinen Spielplatz, Bushaltestelle gegenüber, und sah ihr nach und sah sie nicht mehr, und sein Herz schlug und seine Achseln waren trotz der Kälte feucht geworden. Das war zweifellos das Beste, was ihm in seinen vierzehn Lebensjahren bisher passiert war, unangefochten, eindeutig, keine Frage. Er taumelte etwas auf dem Weg nach Hause. Streusalz knirschte unter seinen Sohlen. Kleine Tiere verkrochen sich in ihren Ritzen. Ein Stern direkt über ihm blinkte noch ein letztes Mal auf und erlosch. Benny konnte alles wahrnehmen. Nein, nicht nur besser wahrnehmen. Er konnte *alles* wahrnehmen. Er hätte – wenn er gewollt hätte! – herausfinden können, welche Wassertemperatur der Nil gerade hatte oder wie viele Menschen gerade in der Oper von Sydney klatschten. Aber das interessierte ihn ja alles gar nicht. Wichtig war hier und jetzt.

Benny sperrte die Tür auf. Er versuchte, den Schlüssel möglichste leise umzudrehen, die Tür möglichst geräuschlos aufzudrücken. Als er im Flur stand, ging das Licht von alleine an. Da stand seine Mutter. Und wunderte sich. Natürlich. Ihr Sohn, den sie nicht unbedingt als Nachteule kannte, kam an einem normalen Wochentag nachts um halb drei aus der Kälte. »Benjamin«, sagte sie. »Sorry«, sagte Benny. »Ja, nix sorry, was machst denn du, hast du mal gewusst, wie spät es ist?« – »Also entweder«, antwortete Benny, »man sagt ›Weißt du, wie spät es ist‹ oder ›Hast du mal geguckt, wie spät es ist‹.« – »Jetzt werd nicht auch noch frech, das kannst du dir gerade nicht erlauben, junger Mann.« – »Das stimmt«, sagte Benjamin, und jedes Wort, das er in den warmen Flur hineinsprach, fühlte sich richtig an, klar und abgewogen, wohlüberlegt. »Es tut mir wirklich leid. Du hast dir bestimmt Sorgen gemacht, das wollte ich nicht.« – »Ja … und? Was machst du um die Zeit denn da draußen?« – »Ich … ich konnte nicht schlafen. Weil ich zu Ende nachdenken musste. Und das ging draußen irgendwie besser.« Bennys Mutter schaute ihn an und schüttelte den Kopf. Sie glaubte ihm. »Wie dein Vater«, sagte sie. »Pass auf, dass du nicht wirst wie dein Vater. Sonst wirst du mir noch unsympathisch.« Sie rieb sich müde die Augen. »Okay. Wir reden morgen weiter. Schau, dass du ins Bett kommst.«

4

In den übrigen Tagen bis zur nächsten Probe war Benny mit dem Kopf meist woanders. Jojo beschwerte sich über seine Abwesenheit und dass er auch am Nachmittag gar nicht oder erst viel später auf seine Nachrichten antwortete. Irgendwann wurde er sogar laut und klopfte Benny mit der Faust gegen die Stirn. »Hallo, Mann! Ich will vielleicht auch wissen, was dadrin vor sich geht!«

Und Benny hatte eine Idee. Das mit dem Obst war ja, im Nachhinein betrachtet, gar nicht so schlecht gewesen. Und heimlich hatte er es sich seitdem angewöhnt, wenn er zu Hause einen Apfel aß, na ja … kriegte ja keiner mit. In dieser Sache kam er jetzt also erst mal alleine klar. »Ich hab einen Auftrag für dich«, sagte Benny. Und sofort lockerte sich Jojos angespannte Miene auf. »Wir müssen was mit meiner Stimme machen.« – »Moment«, rief Jojo, »warte, lass mich eine Sekunde kombinieren, das heißt, du spielst mit!« – »Jaja«, sagte Benny. »Ja geil!« – »Ja, und jetzt müssen wir was mit meiner Stimme machen. Du weißt schon. Damit die Leute mich auch … hören.« – »Kein Problem, Ben, kein Ding«, sagte Jojo, zog sein Handy raus, schaute kurz drauf, »selbe Uhrzeit, selber Ort«, sprang, ohne eine Antwort abzuwarten, auf sein Fahrrad und fuhr los.

Später traf Benny wieder in Jojos Dachkammerzimmer ein. Er warf sich, wie es seine Gewohnheit war, direkt auf das hässliche blaue Sofa. »Nein, nein, nein! So nicht«, rief Jojo sofort und kam fuchtelnd auf ihn zu. »Erster Fehler! Wenn du hier so rumlümmelst, dann staut sich ja hier«, er gestikulierte in Richtung von Bennys Bauch, »dein ganzer Atem, und wie sollst du dann anständig sprechen? Sprechen ist zuallererst atmen!« Der Typ hatte sich anscheinend wirklich vorbereitet. Benny erhob sich widerwillig von dem hässlichen blauen Sofa. »So«, sagte Jojo, »erste Lektion verstanden.« Er richtete sich auf, drückte die Schultern nach hinten. »Wir wollen also für eine feste, tiefe Stimme immer sicherstellen, dass der Atem gut durchfließen kann. Also aufrecht stehen und festen Stand, Füße hüftbreit.« Er wartete, bis Benny es ihm nachgemacht hatte. »Dann müssen wir die Stimme aufwärmen.« Nicht schon wieder aufwärmen, dachte Benny. Jojo hatte sich vorgenommen, Bennys Lippen und Zwerchfell und Kehlkopf und einfach alles zu entspannen und eben aufzuwärmen. Zuerst summten die beiden um die Wette, dann seufzten sie »Ahh« und »Ohh« und »Whwww«, dann ahmten sie Hummeln und Motorräder nach. Benny machte alles mit, auch wenn er sich wahnsinnig blöd dabei vorkam.

Nach einer gewissen Zeit war Jojo ausreichend zufrieden und beschloss, Bennys Stimme sei jetzt warm genug, um loszulegen. Er nahm ihm das Buch aus der Hand und blätterte auf der Suche nach einer geeigneten Stelle. Er blätterte bis in den dritten Akt. Melchiors Kumpel Moritz hat sich umgebracht, weil er in der Schule sitzen bleiben wird. Die Lehrer haben Melchiors Aufklärungsaufsatz gefunden und machen jetzt Melchior für Moritz' Tod verantwortlich. Jojo wollte von Benny die Stelle hören, in der Melchior zur Strafe in einer Korrektionsanstalt sitzt, er schaute erwartungsvoll und rief: »Atmen! Immer bevor du was sagst, einmal in den Bauch reinatmen, okay?« Benny hatte noch nie irgendwo reingeatmet. Er holte tief Luft, ließ die Luft durch seine Kehle nach unten fließen, bis sein Bauch sich aufblähte, stellte sich aufrecht hin, spürte seine Fußsohlen und fühlte sich auf einmal wirklich ein klein bisschen weniger schwankend und unsicher und ein bisschen mehr wie dieser mutige Junge in dem Stück, der seine Flucht plante: »Da geht der Blitzableiter hinunter. Man muss ein Taschentuch drumwickeln. Wenn ich an sie denke, schießt mir immer das Blut in den Kopf.« Jojo erhob sich stramm und klatschte drei, vier Mal kräftig in die Hände: »Das«, sagte er, »ist ein Anfang, mit dem wir arbeiten können!«

Als Benny zur zweiten Probe kam, wieder pünktlich, aber nicht zu pünktlich, lehnte Emre am Eingang zum Mehrzweckraum. Er hob den Blick, als Benny sich näherte, als hätte er genau auf ihn gewartet. Emre setzte ein Grinsen auf, wobei er sich auf die Unterlippe biss. Konnte freundlich gemeint sein oder fies. Würde er ihm jetzt mitteilen, dass er keinen Platz in dieser Gruppe hatte? Dass er, Emre, die Melchior-Rolle nicht hergeben würde, und schon gar nicht an die Bohnenstange aus der Neunten. Dass niemand anders die Kussszene spielen würde als er und dass er, Emre, und sie, Fabienne, direkt nach der Premiere den ersten Flieger nach Las Vegas nehmen würden, um zu heiraten? Als Benny die Tür erreichte, schnalzte Emre mit der Zunge. »Benjameister«, sagte er. So hatte ihn noch nie jemand genannt. Er hielt ihm die Hand zum Einschlagen hin, Benny traf sie gut und es knallte, Emre klopfte ihm vertraulich auf den Rücken. »Wollt nur sagen, no hard feelings und so wegen Melchi. Bin eher so der Moritz. Alles gut, Benjameister, okay?« – »Okay«, sagte Benny, »danke.« – »Wobei … wegen der zwo vier ist es natürlich schon schade«, Emre zwinkerte ihm zu und ging voraus, wo er sogleich in die Gruppe eintauchte. Benny verstand erst Minuten später, was er gemeint hatte, zwo vier, die Szene mit dem Kuss.

Würde sie heute auf dem Plan stehen? Bestimmt nicht bei seiner ersten Probe mit Text. Bennys Einstellung zu der ganzen Sache hatte sich in den vergangenen Tagen doch deutlich geändert. Die Begegnung mit Fabienne hatte natürlich dazu geführt, dass er wollte. Und Fabienne hatte gesagt, wenn er wollte, würde er auch können. Benny glaubte nicht wirklich, dass das so einfach war, wollte aber versuchen, ihr zu vertrauen. Jedenfalls hatte er seit dieser Begegnung alle anderen schulischen Verpflichtungen ignoriert und Text gelernt wie eine Maschine. Jojo hatte ihn darin natürlich bestärkt. Jetzt fühlte Benny sich einigermaßen bereit, was logischerweise nicht bedeutete, dass er nicht mehr aufgeregt gewesen wäre. Aber im Rahmen dessen, was möglich war, war jetzt alles okay.

Bis er auf der Bühne stand. Wie beim letzten Mal auch hatten sie sich aufgewärmt und waren herumgehampelt, und Benny hatte sich zurückgehalten, um nicht bei absolut jeder Gelegenheit Fabiennes Nähe zu suchen. Aber manchmal fühlte er sich beobachtet von ihr. Emre machte Jokes und das blonde Mädchen hielt eine Motivationsansprache. Alle schienen sich irgendwie zu freuen, dass er da war, und einige von ihnen, die schon länger dabei waren, aber nur eine Nebenrolle bekommen hatten, klopften ihm zwischendurch mal auf die Schulter und sagten Sachen wie »Mach dich nicht verrückt« oder »Der einzig wahre Melchi«. Frau Balzer jedenfalls war nicht entgangen, dass Bennys Wille, diese Rolle zu verweigern, gebrochen war. Sie wollte ihn jetzt in Action sehen. Es gebe, sagte sie, in ihrem Theater drei Regeln. Laut solle er sprechen, mit bestem Gewissen und aus reinem Herzen. Das sei wichtiger als ein korrekt wiedergegebener Text. Dann platzierte sie ihn auf einem der schwarzen Würfel, aus denen das Bühnenbild bestand, fuchtelte Laufwege in die Luft, sprach wieder übers bewusste Gehen, über Körperspannung bis in die kleinste Haarzelle. »Dein Schlüssel ist Aufmerksamkeit«, sagte sie, »auf der Bühne musst du immer hellwach sein!« Benny bekam sofort ein schlechtes Gewissen, sein Kopf hatte einen Großteil ihres Vortrags mit seinen eigenen Gedanken, Befürchtungen und Horrorszenarien übertönt. Außer Emre, als Moritz, standen jetzt noch Georg, Robert und Otto auf der Bühne. Das war die Lerngruppe.

Der erste Text, bestehend aus zwei Sätzen, gehörte aber Benny. Benny kannte den Text sehr gut. Er musste ihn quasi nur ablesen von einer Leinwand in seinem Gehirn. Benny saß auf seinem Würfel und fühlte sich auf einmal doppelt so schwer. Die Holzkanten des Kubus schnitten ihm in die Oberschenkel. Frau Balzer hatte bereits darum gebeten, dass er losspielte, aber jetzt befand sie sich hinter einem Schleier. Die ganze Welt war in Watte gepackt und aus der Watte funkelten zwei dunkle Katzenaugen erwartungsvoll in seine Richtung. Das war seine Prüfung. Wenn das jetzt gelang, wenn er diese zwei Sätze fehlerfrei herausbekam, würde sie ihm um den Hals fallen, wenn er versagte, würde sie ihn nie wieder anschauen. Benny holte Luft, versuchte, in den Bauch zu atmen, der Atem fühlte sich an wie Kieselsteine, an denen er sich verschluckt hatte, sein Gesicht zitterte. »Das ist mir zu langweilig«, sagte er und konnte hören, dass er es wie ein einziges Wort gesagt hatte. Seine Beine wollten ihn überreden, aufzustehen und wegzulaufen. »Ich mache nicht mehr mit«, schob er hinterher, nicht weil er es so meinte, sondern weil es sein Text war. Der Schleier löste sich etwas auf, Benny wartete auf eine Reaktion, aber die kam nicht, es ging einfach weiter, jetzt sprach bereits Otto, und das bedeutete, dass er gleich »Spielt ihr nur weiter!« sagen musste. Er stieß es aus wie einen einzigen Seufzer.

Fehlerfrei seufzte und stammelte sich Benny durch diese erste Szene. Niemand applaudierte ihm danach, niemand fiel ihm um den Hals. Benny ließ scheu seinen Blick über die Gesichter der anderen huschen. Die meisten schauten ihn ernst an, als würden sie sich Sorgen um ihr schönes Stück machen, seit sie ihn gehört hatten. Frau Balzer durchbrach die drückende Stille mit einem herzhaften »Gut«, das nicht als Kompliment gemeint war. »Da haben wir noch einiges an Arbeit vor uns, gell«, schob sie hinterher. Das hatte ihn gemeint. Benny nickte und schaute auf den Boden und hörte eine zweite Stimme, die ihr widersprach: »Ich finde, Frau Balzer, für das erste Mal war das schon echt nicht schlecht.« – »Ich weiß, was du meinst, Fabienne«, antwortete die Balzer. »Unseren Melchior haben wir gefunden. Jetzt müssen wir ihn nur noch rauskitzeln.«

5

Auf dem Heimweg holte sie ihn ein. Benny war geknickt. Sie hatten noch zwei weitere Szenen geprobt und begeistert von seiner Leistung war niemand gewesen. Die anderen, so kam es ihm vor, konnten sprechen, dass man es bis in die hinterste Reihe hörte. Und sie konnten richtig spielen und plötzlich verzweifelt sein oder albern auf der Bühne. Er wusste nicht, wie er das anstellen konnte. Und die Szene, in der die beiden sich küssten, hatten sie noch gar nicht geprobt. Davor hatte Frau Balzer ihn verschont. Jetzt lief Fabienne neben ihm her und tat mit Absicht so, als würde sie ihn nicht kennen. Nach etwa zehn Metern waren sie in eine Art Gleichschritt verfallen. »Na«, sagte Fabienne. »Bist du öfter hier?« Sie schaute zu ihm rüber. »Sorry, blöder Spruch, ich weiß.« – »Geht so«, antwortete Benny. »Das war schon ganz … gut heute«, sagte Fabienne. »Ja, genau«, antwortete Benny und schüttelte den Kopf. »Ich hab doch gesagt, ich kann das nicht.« – »Na, aber Benjameister«, jetzt verwendete sie auch diesen Namen, »du kannst ja nicht erwarten, dass du das gleich sofort supergut machst beim ersten Mal. Das geht immer schrittweise so was.« – »Hm.« – »Überleg mal, wenn zum Beispiel jemand Ski fährt, dann kann der das beim ersten Mal ja auch nicht so gut wie beim zehnten. Ist ja klar.« – »Ja, schon.« – »Und jetzt war das der erste Schritt und beim nächsten Mal kommt der zweite ... und dann, äh, sind es auch nur noch sechs Wochen bis Premiere.« – »Oh Gott.« – »Kriegen wir alles hin, Benjameister.« – »Hört sich irgendwie an wie Bürgermeister.« Fabienne musste ein bisschen kichern, Benny spürte, dass er rot wurde. In seinem Kopf hatte er, seit sie nebeneinanderher liefen, tausend Mal die zwei vier angesprochen. Weil das ja vielleicht einfacher oder machbarer wurde, wenn man sich vorher darüber austauschte. Hatte sie die mit Emre auch geprobt? Das wollte er lieber nicht wissen. Vielleicht gab es ja auch gar keinen Kuss und vielleicht sollte ihm das auch lieber sein. Vielleicht war das hier, nebeneinanderher laufen und sich freundlich unterhalten, alles, was er erreichen konnte, und das war gut so. Er legte sich Worte zurecht, er entschied sich für eine Variante, er wollte sich überwinden, und – Fabienne kam ihm zuvor: »Hast du es zu Ende gelesen?«, fragte sie. Benny nickte. »Ich find das so unglaublich«, sagte sie. »Mich macht das fertig, ich liebe das.« – »Ich find's auch heftig«, Benny versuchte, etwas Schlaues zu sagen oder vielmehr: nichts Dummes. »Aber ... ich weiß gar nicht so genau, warum eigentlich.« – »Na ja«, Fabienne lachte, »die bringen sich da immerhin um und sind voll jung.« – »Ja, schon klar, aber ...« – »Du musst mal überlegen«, sagte Fabienne, »dass der das achtzehnhundertirgendwas geschrieben hat und wie aktuell das ist!« – »Ja?« – »Ja. Ich finde, es geht da vor allem um Scham und was die anrichtet. Weil alle haben da Angst vor Sex, die Eltern können mit ihren Kindern nicht reden, und die Kinder drehen durch, weil sie keine Antworten bekommen und weil alle Erwachsenen, also vor allem die Lehrer, immer nur ihre Position ausnutzen, aber nie auch mal selber nachdenken und etwas begründen. Natürlich ist das jetzt heute alles nicht mehr ganz so krass, aber ich glaube, das mit der Scham …«, sie überlegte. »Wir sind doch alle Menschen, und jeder kann theoretisch mal alles nachvollziehen, was im anderen vor sich geht. Und würde es dann nicht einfach alles einfacher machen, wenn wir gerade die Dinge, für die wir uns vielleicht schämen, umso lauter aussprechen würden? Weil dann ist es draußen und blockiert uns nicht mehr und …« Sie sah ihn an. Jetzt war sie etwas rot geworden, weil sie sich so hineingesteigert hatte. »Sorry«, sagte sie jetzt, »da denke ich grade viel drüber nach. Das macht auch dieses Buch …« – »Ja«, Benny versuchte zu lächeln, »geht mir auch so.« – »Ich muss da«, sagte sie und deutete nach links. Benny nickte: »Na dann.« Sie lächelte schief und sah auf einmal gar nicht mehr so spöttisch aus, wenn sie ihn ansah. »Mach's mal gut, ja.«

Es war komisch. Was auch immer Fabienne zu ihm sagte, es kam Benny so vor, als würde sie ihm eigentlich etwas anderes sagen wollen. Und das, obwohl es ihr um Offenheit und Schamlosigkeit ging. Hatte sie ihn mit diesem Gedankenstrom, an dem sie ihn teilhaben ließ, vielleicht auf ihre Weise aufgefordert, ihr seine wahren innersten Gefühle zu offenbaren? Benny spürte, wie gern sich sein Bewusstsein an diese Hoffnung klammern wollte. Aber das war natürlich großer Unsinn. In ihren Augen war er vielleicht riesig, aber trotzdem ein Baby. Er würde sich daran gewöhnen müssen, dass sie ihn jetzt zwar kannte, aber nicht dasselbe empfand wie er. Er würde über sie hinwegkommen müssen.

In den kommenden Wochen wurde Benny Teil der Gruppe. Die zweite Probe war weniger schlimm als die erste, die dritte weniger schlimm als die zweite. Irgendwann einigten sich alle darauf, dass Benny kein geborener Schauspieler wäre und ihm keine Karriere in Hollywood bevorstünde, er aber eine interessante, eigene Präsenz auf der Bühne hätte, die gut zu Melchior passe. Benny war nicht hundertprozentig klar, was mit Präsenz gemeint war, aber er hatte den Verdacht, dass es den anderen ähnlich ging. Er hätte nicht gedacht, dass er ein Theatertyp wäre, und dachte es auch immer noch nicht, aber er verstand sich gut mit den Leuten; nicht nur mit Emre alberte er herum, auch mit den anderen Freunden von Melchior. Und manchmal saßen sie nach den Proben noch lange im Zuschauerbereich, legten die Füße auf die Lehnen der Vorderreihe und diskutierten über diese und jene Frage, die im Buch aufgeworfen wurde, und besonders gern und ausführlich darüber, ob es eine Antwort für Melchior geben könnte, wenn er sich fragt: »Möchte doch wissen, wozu wir eigentlich auf der Welt sind!«

Seiner Umgebung kam Benny in dieser Zeit verändert vor. Er erschien selbstsicherer, konnte seinem Gegenüber besser in die Augen sehen, sprach mehr von sich aus und verwendete dabei manchmal seltsame, seltene Wörter wie »Unflätigkeit« oder »Eigennutz«. In Bennys Gehirn brannte sich jedes Wort, das Fabienne in seine Richtung gesagt hatte, ein, und jede Geste oder gar Berührung sank tiefer in sein Gedächtnis. Auf der hässlichen blauen Couch interpretierten Jojo und er diese Regungen, versuchten vorsichtig, etwas hineinzudeuten und Bennys Chancen zu berechnen. Sie waren, da wollte auch Jojo nicht widersprechen, äußerst niedrig. Aber das war okay.

Eine Sache allerdings war komisch. Frau Balzer war einigermaßen zufrieden mit ihm, sprach viel mit ihm, bezog ihn in die Entwicklung des Melchiors, wie er später auf der Bühne stehen sollte, mit ein. Aber: Um die zwei vier tänzelte sie herum, als gäbe es sie nicht. Die Szene tauchte nicht im Probenplan auf. Sie wurde nicht thematisiert. Es war, als hätte sich Bennys Scham, der über den Kuss ja auch nicht mit Fabienne sprechen konnte, auf die Lehrerin übertragen. Wollte sie »Frühlings Erwachen« am Ende gar zensieren, die Szene herausstreichen? Das würde nicht zu ihrer Regiearbeit passen. Die eins fünf, die schlimme Szene im Wald, hatte sie sie proben lassen und Benny tatsächlich eine Weidenrute in die Hand gedrückt dafür. Am Schluss kniete Benny neben Fabienne auf der Bühne und ließ die Rute immer wieder auf die Bretter peitschen. Er schrie: »Wart, Hexe, ich will dir den Satan austreiben!« Aber nie schrie er laut genug, immer wieder ließ die Balzer ihn die Bühne peitschen, Hexe, Satan, peitsch, peitsch. Fabienne wand sich, ihr Gesicht vor Angst verzerrt. Er war nicht mehr sicher, ob sie das spielte oder wirklich Angst vor ihm bekam. Erst als seine Stimme heiser war und krächzte, war die Balzer einigermaßen zufrieden. Und Benny hatte Tränen in den Augen. Gerade weil diese Szene so heftig und schlimm war, fand er, brauchte das Stück doch den Kuss!

Es war ein Schock, zumindest für Benny und wahrscheinlich auch für Fabienne, als Frau Balzer der Gruppe ihre Entscheidung mitteilte. Sie sprach von unten zu ihnen hinauf, wo ihre Schauspielerinnen und Schauspieler erschöpft auf der Bühne herumlagen. »Ich glaube«, sagte Frau Balzer, »dass wir in den vergangenen Wochen eine ganz schöne Reise hinter uns gebracht haben. Und Reise heißt im besten Fall immer auch Entwicklung und das sehe ich hier auch. Ich habe das schöne Gefühl, dass wir Wedekind gerecht werden können.« – »Wedelking«, flüsterte Emre reflexhaft, das konnte er nicht unterdrücken. »Es gibt aber eine Sache, die ein paar von euch beschäftigt, und ich bin froh, dass Fabienne mit dieser Frage auf mich zugekommen ist.« Benny schielte zu ihr rüber, sie erwiderte seinen Blick nicht. »Wir haben die Szene noch nicht geprobt, in der Wendla mit Melchior allein im Heu ist und es zu dem berühmten Kuss kommt. Wir haben die noch gar nicht geprobt, es sind nur noch zwei Wochen bis Premiere, und das ist kein Zufall. Ich will«, sagte Frau Balzer und war sich der Wirkung ihrer Worte sicherlich wohl bewusst, »dass ihr diese Szene, Benny und Fabienne, am 13.06. zum ersten Mal spielt. Vielleicht habt ihr schon andere geküsst und küsst bis dahin noch andere, aber ich will, und davon verspreche ich mir ganz viel, dass das Publikum euren ersten Kuss zu sehen kriegt. Ich weiß das schon lange, aber ich wollte mit der Info nicht in eure tolle Chemie reinfunken.« Eine Pause entstand. Benny war gelähmt, auch sein Gehirn war wie runtergefahren. »Ihr dürft natürlich«, sagte Frau Balzer, »wenn ihr das ganz, ganz bescheuert findet, Einspruch einlegen. Aber ich bin mir sicher, dass das dem Stück nur guttun kann.«

Niemand legte Einspruch ein. Benny fühlte sich sogar, als ginge ihn die Information gar nichts an. Dabei ging sie alle anderen nichts an. Er würde Fabienne darauf ansprechen, das mit ihr besprechen müssen, man konnte ja nicht einfach auf so eine zwei vier zusteuern, ohne dass man das jemals wenigstens kurz thematisiert hatte. Andererseits war sie ja die Ältere und warum sollte er jetzt dieses schwierigste Thema ansprechen müssen? Sie war diejenige, die sich von Scham befreien wollte, weil sie davon überzeugt war, dass das irgendwie für alle und alles gut wäre. Dann sollte sie halt mal loslegen eigentlich, fand Benny. Er stand vor dem Mehrzweckraum und schaute sich nach ihr um. Sie war schon fort.

6

Drei Tage lang war es so, als wäre Fabienne vom Erdboden verschwunden. Er sah sie nicht auf dem Pausenhof, er sah sie nicht auf dem Nachhauseweg. Er begegnete ihr nicht, wenn er in der Nähe ihres Elternhauses wie zufällig umherirrte. In diesen Tagen wuchs in Benny der Drang, das Thema aus der Welt zu schaffen, es mit ihr besprochen zu haben, und wie ein wandernder Stachel bewegte es sich durch seinen Körper. Er konnte nicht mehr sprechen, nicht mehr essen, nicht mehr schlafen. Zum zweiten Mal schlich er sich nachts aus dem Haus. Er kam an den kasernenartigen Riegeln vorbei und an den Schaukeln auf den Grünstreifen, und seine Füße wussten eh, wohin. Es dauerte etwas länger diesmal, aber er war sich sicher gewesen und es trat ein. Sie eilte ihm nicht hinterher, sie schlich und zog die Füße dabei über den Boden. Benny blieb sofort stehen.

»Na«, sagte Fabienne. »Selber na«, antwortete Benny. Sie schlurften ein paar Schritte nebeneinanderher. »Wo bist du so gewesen?«, fragte Benny. Fabienne lachte, jetzt wieder spöttisch. Das sollte wohl bedeuten, dass es gar keine Berechtigung für diese Frage gab, nur weil er ihr drei Tage nicht begegnet war. Was glaubte er, wer er war, was das hier zwischen ihnen beiden war?

Sie kannte ihn aus der Theatergruppe und gut, fertig, sie hatte eigene Freunde in ihrem Alter. Das alles sagte sie natürlich nicht. Sie sagte: »Hab mal nachdenken müssen.« – »Aha. Worüber so?« – »Na ja, du weißt schon …« Das war übertrieben. Er wusste eigentlich gar nichts. Er wusste nicht, ob sie über die Kusssache nachdenken musste, und wenn ja, wusste er nicht, ob sie das lieber geprobt hätte oder nicht oder ob sie ihn gar nicht und nie und auch nicht auf der Bühne küssen wollte. »Ja, nee«, sagte Benny. »Nicht so wirklich.« Fabienne blieb stehen. Sie standen einander gegenüber und ganz nah dabei. Er hätte sich auch jetzt in diesem Moment zu ihr beugen und sie sofort küssen können. Sie war kein mystisches Wesen mehr für ihn, er hatte gelernt, dass sie auch ein Mensch war und auch unsicher und ängstlich sein konnte. Aber sie war immer noch das schönste Mädchen, das er jemals gesehen hatte. Vielleicht sogar noch ein bisschen mehr als vorher.

Sie sagte: »Hör mal, das mit dem Kuss und so. Wir haben da nie drüber geredet, und keine Ahnung, vielleicht ist das gar kein Thema für dich, worüber du nachdenkst oder so, aber ich schon.« Sie hörte sich traurig an. Das kannte er noch nicht. »Und ich hab da auch schon vorher ganz viel drüber nachgedacht und ein paar Mal versucht, das anzusprechen, aber nicht geschafft. Ben, ich – ich bin echt ein bisschen sauer. Nicht auf dich! Aber ich bin zu der Frau Balzer hin, um ihr zu sagen, dass ich das nicht machen kann und dass wir das irgendwie anders … Aber die hat gar nicht zugehört und nur gesagt, wir besprechen das in der nächsten Probe eh und dann … na ja, weißt du ja … das halt.« Benny wusste nicht, wo er hinschauen sollte. Sein Gesicht begann wieder zu zittern. Das hatte es lange nicht gemacht. »Benny …? Nicht heulen jetzt, okay? Ich hab einen Freund, das wusstest du, oder?« Das Wort traf Benny wie ein Paddel mitten ins Gesicht. Er hatte das nicht gewusst. Er beobachtete sie schon lange und hatte nie gesehen, dass sie mit jemandem Händchen halten würde oder so. »Na ja«, machte sie weiter, »woher hättest du's wissen sollen … Hab ich dir ja nicht erzählt. Der wohnt woanders. Aber zur Premiere kommt er natürlich und dann …« – Fabienne hob langsam ihre Lider und schaute ihn aus großen dunklen Augen an. Sie war nicht mehr souverän, sie hatte Angst. »Dann sieht er, wie du auf der Bühne …«, sagte Benny und bemühte sich, in den Bauch zu atmen, immer in den Bauch atmen, und konzentrierte sich auf seinen festen Stand auf dem Boden. Er war stabil. Er hatte es bis hierhin geschafft. Er konnte diese Situation überstehen. »Ich verstehe das«, behauptete er. »Völlig klar.« Beide pressten die Lippen aufeinander und nickten sich stumm an. Dann begriff Benny, dass es nur einen Weg gab, um aus der Situation wirklich gut herauszukommen. Er sagte: »Ich kümmer mich drum.« – »Wie, was meinst du?« – »Na ja, ich red noch mal mit der Frau Balzer. Dann musst du das nicht noch mal. Dass mir das unangenehm ist und wir besprochen haben, die Szene ohne den – den Kuss zu machen.« – »…« – »Wär das okay?« – »Benny, das wär super.« Sie strahlte, als hätte er ihr ein Geschenk gemacht. So erleichternd war es also, ihn nicht zu küssen. »Darf ich noch was fragen?«, sagte sie. »Klar.« – »Und zwar, na ja, ob das, also wenn wir, wenn wir das durchgezogen hätten, ob das dann dein erster gewesen wäre?« Für einen Moment blinkte die Möglichkeit der Lüge in seinem Kopf auf. »Ja«, sagte Benny, »schon.« – »Dann ist es vielleicht doppelt besser so. Oder? Weil ich mein, der erste Kuss, das soll nicht auf der Bühne sein, finde ich.« Benny nickte. Fabienne fuhr fort: »Und dann muss das doch auch mit der Richtigen sein, oder?« Benny spürte, wie ihm Tränen in die Augen stiegen. Er versuchte, noch einmal zu nicken, drehte sich dabei schon weg von ihr. »Ich muss dann«, flüsterte er mit erstickter Stimme und lief los. »Benny?«, rief Fabienne ihm nach, und er hob die Hand, aber er drehte sich lieber nicht noch mal um.

Bennys Liebeskummer kam mit Verzögerung. In den kommenden Tagen funktionierte er. Er funktionierte wie einer, der einen schlimmen Unfall hatte und sich gerade so ins Krankenhaus schleppt, und alle fragen sich, wie das möglich sein soll. Er sprach mit seiner Mutter, mit Jojo, er lachte mit ihnen, sie ahnten nichts, und wenn er ihnen kurz abwesend vorkam, dann sagte er, er hätte so schlecht geschlafen, wegen Textlernen. Das war auch gar nicht mal gelogen. Jede Nacht lernte er seinen Text und sprach leise vor sich hin. Jeden Abend summte und hummelte er und ahmte Motorräder nach und lockerte seine Lippen. Benny wusste, dass er der Sache nicht trauen konnte. Was passiert war, war schlimm, und irgendwann würden sein Körper und sein Gehirn das verstehen und anfangen, ihn durchzuschütteln und ihm die schlimmsten Gedanken zu schicken. Gedanken, die vor ihm schon Millionen Jugendliche gedacht hatten und nach ihm noch mindestens genauso viele denken würden. Das hatte ihn das Buch gelehrt. »So neiderfüllt ist noch kein Sterblicher über Gräber gewandert. Pah, ich brächte ja den Mut nicht auf!«, sagt Melchior. Aber der ist immerhin gerade aus der Korrektionsanstalt geflohen und erfährt auf dem Friedhof, dass Wendla tot ist. Das war nun doch etwas anderes, fand Benny, und wusste, es würde ihn noch treffen und beuteln.

Der Kummer verschonte ihn vorerst, denn Benny hatte eine

Premiere zu geben. Im ganzen Schulhaus hingen die Plakate. Der gesamte Tag stand unter Hochspannung. Benny konnte keinen Schritt gehen, keinen Stift aufheben, keinen Satz sagen, ohne dabei an die Premiere zu denken. Sein Körper war von innen her angefüllt mit Melchior, der schlau und philosophisch und manchmal beruhigend auf Benny einredete. Die beiden mussten sich den Platz in ihm teilen. Und Benny seinerseits war natürlich rasend nervös. Weniger allerdings wegen des Stücks, das würde er hinkriegen, und zwar nicht großartig, aber halbwegs okay. Er war in rasender Angst, er könnte ihrem Freund begegnen, ihm in die Augen sehen, ihm über den Weg laufen oder gar miterleben, wie sie ihn küsste statt ihn, an diesem Tag, an dem eigentlich dieser Kuss stattfinden sollte, wegen dem er das hier alles doch eigentlich machte.

Die beiden hatten seit ihrer nächtlichen Begegnung kaum miteinander gesprochen. Außer in den übrigen Proben auf der Bühne. Benny hatte noch einmal das Gespräch mit Frau Balzer gesucht und sich diesmal nicht unterbrechen lassen. Er hatte ihr ganz ernst und bestimmt mitgeteilt, dass sie gemeinsam beschlossen hätten, sich nicht zu küssen, weil ihnen die Geste zu viel bedeute, um sie als Teil der Inszenierung zu verwenden. Er war selbst ganz überrascht, als er sich so reden hörte. Er machte auch gleich noch einen Vorschlag, wie das dadurch entstehende Problem zu lösen sei: Sie würden sich aneinander annähern wie zum Kuss, dann müsste der Vorhang vor ihnen zugezogen werden. »Aber das ist gar nicht das Ende des Akts«, protestierte die Balzer vorsichtig. Benny hob die Schultern, sagte »egal«, stand auf und verließ den Raum. Und genauso wurde es fortan gemacht, was auch schlimm genug war. Er näherte sich ihr an, immer wieder, als würde er sie gleich küssen, um sie dann immer wieder nicht zu küssen. Er roch immer wieder ihr Parfüm oder Shampoo oder was er da roch, er sah ihr immer wieder in die Augen und konnte spüren, wie ihre Lippen näher kamen. Probe für Probe, Tag für Tag. Sein Herz raste. Er wollte, dass es vorbei war.

Benny wurde geschminkt und zog sich um, er würde im dunklen Anzug auf der Bühne stehen. Er ließ sich etwas anstecken von der Hibbeligkeit der anderen, die einander auf den Hinterkopf schlugen und die Schuhe aufknoteten. Emre hielt sich hinter der Bühne plötzlich die Hände vors Gesicht, öffnete sie einen Spalt breit, schaute verwirrt dazwischen hervor und fragte die anderen leicht panisch, wo er und wer er sei. Niemand fiel darauf herein, aber alle lachten, und das war gut, das Lachen lenkte ab. Fabienne berührte ihn im Vorbeilaufen kurz am Handgelenk und flüsterte in sein Ohr: »Hab Spaß.« Benny stellte sich vor, ihr Freund würde in der ersten Reihe sitzen und zu ihm hochspringen, sobald er Fabienne zu nahe kam.

Die erste Szene fand ohne ihn statt. In der zweiten hatte er den ersten Satz. Wie auf Schienen fühlte er sich auf die Bühne geschoben. Er ließ einen Blick durch den Raum schweifen, während er ein, zwei Mal in den Bauch atmete. Und stellte fest: Er sah nichts. Die Scheinwerfer, die sie hier oben anstrahlten, sorgten dafür, dass ihm der Zuschauerraum komplett schwarz erschien. Er sah nichts, keine Zähne in lachenden Mündern und keine wütend funkelnden Augen. Nichts. Das war wunderbar. So konnte es gehen: »Das ist mir zu langweilig. Ich mache nicht mehr mit.« Es ging also los. Und Melchior war dabei. Melchior philosophierte und klärte auf und beeindruckte seine Freunde mit seiner intellektuellen Überlegenheit. Das war er, Benny, groß und dünn im schwarzen Anzug und dabei klüger als jeder hier im Raum. Das hatten sie ihm nicht zugetraut, das hatten sie nicht von ihm gedacht, aber jetzt lauschten sie jedem Wort, das aus seinem Mund kam. Und als Benny Melchiors dunkle Seite offenbarte und mit der Weidenrute auf die Bühne direkt neben Fabiennes nackten Füßen eindrosch, verließen sie nicht vor Schreck oder Ekel den Mehrzweckraum. Sie applaudierten spontan. Fabienne berührte beim Abgehen sein Handgelenk. »Das war stark«, flüsterte sie. Benny antwortete nicht.

Als die zwei vier kam, fühlte Benny sich immer noch wie auf Schienen. Sein Kopf wusste, dass das der Moment war. Und eine Schlüsselszene. Sein Körper führte nur noch aus und seine Stimme gehörte dazu. Es war eine kurze Szene und nicht das Ende des Akts. »Ich sehe nur noch den leuchtenden Mohn an deiner Brust – und dein Herz hör ich schlagen. – »Nicht küssen, Melchior! Nicht küssen!« – »Dein Herz hör ich schlagen.« – »Man liebt sich, wenn man küsst. Nicht, nicht.« Sie kam näher. Er kam näher. Sie hatte ihre Augen direkt auf ihn gerichtet. Sie flüchtete keinen Moment. »O glaub mir, es gibt keine Liebe! Alles Eigennutz, alles Egoismus! Ich liebe dich so wenig, wie du mich liebst.« Die Worte fielen aus seinem Mund. Er meinte sich selbst, er meinte sie, er meinte ihn im Publikum. »Nicht, nicht, Melchior!« – »Wendla.« Sie schaute ihn an, der Vorhang ging zu. Links von ihm war alles dunkel. Vor ihm stand noch immer Fabienne und schaute ihn an. Sie ging nicht weg. Er spürte ihre Lippen auf seinen, zwei Sekunden, drei. Sie löste sich von ihm und ging. An ihm vorbei und nach hinten weg. Es war ihre letzte gemeinsame Szene. Benny blieb stehen, viel zu lange. Starr wie eine Straßenlaterne. Sie hatte ihn geküsst.

Mario Fesler

Davor/Danach

Mila war ein bisschen sauer, die Semesterferien mit Onkel Torbens Sechzigstem zu starten. Ja, es sind schon ihre dritten Semesterferien, und die verbringt sie bislang immer komplett in ihrem alten Kinderzimmer zu Hause. Also ist es echt keine Sensation für ihre Eltern, wenn die Tochter zurückkehrt. Trotzdem: Eigentlich erwartet sie, dass sie an dem Tag im Mittelpunkt steht. Sie findet es aber unverschämt erwachsen von sich, dass sie sich eingesteht, wie ego diese Erwartung ist. Weniger erwachsen, aber dafür doch auch wieder ganz schön ego, ist, dass sie sich so wahnsinnig großzügig fühlt. Nur weil sie ihren Eltern gesagt hat, dass es okay ist, wenn sie noch länger auf der Party bleiben. Weil sie eh mal wieder laufen wollte.

Das macht Mila tatsächlich wahnsinnig gerne, seitdem sie in der Großstadt lebt. Keine Frage, sie liebt München. Sie liebt die Tatsache, nach zwei, drei U- oder S-Bahn-Stationen an jedem Tag der Woche irgendwo zu sein, wo was los ist. Die Welt, aus der sie kommt, liebt sie auch. Aber komischerweise erst, seitdem sie diese verlassen hat. Und sich irgendwie sicher ist, nie wieder zurückzukommen. Also um hier zu leben – für die Besuche wird es ja hoffentlich noch einige Jahrzehnte lang gute Gründe geben.

Sechseinhalb Kilometer zeigt das Navi auf ihrem Handy bis zu ihrem Elternhaus. Sie hat sich 'ne ordentliche Strecke vorgenommen. Obwohl sie schon vor drei Minuten Onkel Torbens feuchten Abschiedskuss auf die Wange bekommen hat, hört sie die Party noch.

In München hätten die Nachbarn längst die Polizei gerufen. Aber in München läuft man sich auch nicht jeden Tag beim einzigen Bäcker oder dem einzigen Supermarkt im Ort über den Weg und weiß auch nicht, warum jemand einen Grund hat zu feiern. Auf dem Land weiß nach kurzer Zeit jeder alles, vor allem auch, wer die Polizei gerufen hat. Deshalb tut es eigentlich nie jemand. Sie weiß noch, dass sie ganz verblüfft war, als bei der Schlägerei auf ihrem Abizeltlager (zwischen den beiden Jahrgangsidioten Kalle und Karim) ein Polizeiwagen aufgetaucht ist. Irgendwie war Mila immer davon ausgegangen, die gäbe es in ihrer Ecke gar nicht. Dafür waren die Beamten aber ganz schön schnell da, was trotzdem weder Kalles Nase noch Karims Unterkiefer gerettet hat.

Mila kommt zum Industriegebiet des Ortes, eine etwas übertriebene Bezeichnung dafür, dass zum Ortsausgang hin eine Autowerkstatt, eine Tankstelle, eine Lagerhalle für was auch immer und ein Bürogebäude zusammengefunden haben. Ach ja, und die Straße dahinter nach links, das »Zentrum« natürlich. Eine damals schon ganz schön ironische Bezeichnung für den einzigen Club im Umkreis von dreißig Kilometern. Sie schaut zum Himmel und sucht vergeblich die charakteristische Spur des Leuchtscheinwerfers, der verzweifelte Partyhungrige auf den rechten Weg führen soll. Mila entscheidet sich für einen kleinen Umweg, weil sie wissen will, was da los ist mit dem »Zentrum«.

Der Parkplatz im Licht sinnloser Straßenlaternen ist leer. An seinem Ende sieht sie die vertraute Kastenform des Clubs, während die Fassade die einstige wütende Graffitibemalung mit Neonfarben verloren hat. Stattdessen lachen Clowns, Prinzessinnen, Piraten, Einhörner und Dinosaurier auf ihr um die Wette. Mila geht zum Haupteingang des Gebäudes, wo sie mehr als einmal mit ihrem gefälschten Schülerausweis gestanden und still gehofft hatte, dass die Türsteher sie tatsächlich für sechzehn halten würden. Das war das Mindestalter, um überhaupt reingelassen zu werden. Theoretisch hätte man um spätestens vierundzwanzig Uhr wieder gehen müssen, aber bis auf eine müde Durchsage des DJs hatte man nichts weiter zu befürchten, wenn man erst mal drin war.

Heute kann man wohl kaum noch zu jung sein für den Einlass. Aus dem »Zentrum« ist ein Indoor-Kinderspielplatz geworden, der wie jeder Indoor-Spielplatz »Funhouse« heißt. Sie schüttelt den Kopf und läuft zurück zur Hauptstraße, setzt ihre Route fort. Irgendwie traurig. Das »Zentrum« war nun wirklich kein geiler Laden gewesen. Wenn man dann tatsächlich sechzehn war, fand man es eher peinlich, dass man da überhaupt mal hingegangen war. Aber es war eine Instanz, die es schon immer gegeben hatte und daher doch eigentlich auch immer geben musste.

Fast fühlt Mila sich schuldig. Es kommt ihr immer wieder so vor, als hätte sie ihre frühere Heimat mit ihrem Umzug aus einem Zustand ewiger Stabilität gerissen. Als hätte erst Milas Abwesenheit Veränderungen ermöglicht. Plötzlich wachsen neue Häuser, verschwinden alte, ändern sich Namen an den Schildern von Arztpraxen. Und, nicht zu vergessen, erst jetzt altern Menschen. Früher waren Mama und Papa immer gleich alt. Nun bemerkt Mila bei jedem Besuch ein graues Haar mehr auf Mamas Kopf, eine tiefere Falte unter Papas Augen, die plötzlich von einer Brille eingerahmt werden. Fortsein macht etwas mit Orten und den Menschen, die dort leben. Bislang wusste sie nur, dass es etwas mit den Menschen macht, die fort sind.

Es scheint ihr fast schicksalhaft, dass ihr Weg sie dahin führt, wo sie das zum ersten Mal begriffen hat.

Am Ortsschild endet der eh ganz schön schmale Bürgersteig, dafür beginnt der Radweg. Nur ein Haus gehört noch zu der Gemeinde, obwohl es streng genommen schon außerhalb liegt. Mila kennt es nur zu gut und unwillkürlich wandert ihr Blick hoch zum Fenster von Simons Zimmer.

Das garantiert nicht mehr Simons Zimmer ist, fällt ihr ein. Er hat ja immer noch ein Jahr vor ihr Abi gemacht und war mit Sicherheit schneller ausgezogen, als sein Vater »Mach erst mal eine vernünftige Ausbildung« sagen konnte. Wieder mal ist Mila überrascht, wie intensiv sie sich an die eineinhalb Jahre mit Simon erinnert, obwohl sie schon so lange her sind, so viel passiert ist. Und obwohl es irgendwie nur sechs Monate waren. Um genau zu sein, die drei Monate davor und die drei danach.

Danach
September

Simon hatte sich zuerst gewundert, dass Mila gekommen war. Bescheuert, natürlich. Warum sollte sie nicht? Den Achtzehnten des eigenen Freundes schwänzen, so was würde Mila niemals bringen.

Sie ist auch als Letzte geblieben. Mal abgesehen von Heiner. Aber jemand, der gerade auf der Couch im Keller seinen Rausch ausschläft, zählt nicht. Mila ist einer dieser Menschen, die man immer braucht, wenn eine Party zu Ende ist: noch so fit in der Birne, sich auch um fünf Uhr morgens noch einen Plan zu machen, wie man jetzt am vernünftigsten vorgeht, damit es nicht um acht noch aussieht, als hätte man eigentlich gar nichts getan. Jemand, der wie ein General blaue Säcke in den einzelnen Zimmern verteilt, damit man nicht ständig einen suchen muss. Jemand, der erkennt, wann die Sache mit der Mülltrennung keinen Sinn mehr ergibt.

»Ich bin total dafür und trenne eigentlich echt wie ein Weltmeister«, hat sie erklärt und dann einen angeschmorten Plastikbecher, der sich mit zwei Kippen verbunden hat, hochgehalten. »Aber ganz ehrlich: Ist das jetzt Gelber Sack, Restmüll, oder ist es doch ein Fall für die Biotonne, weil da unten noch ein Stück aufgeweichtes Baguette klebt?« Sie hat gelacht, Simon hat gelacht.

Dann haben sie sich angeguckt, als wäre das irgendwas Unanständiges gewesen, und sind in schweigendem Einverständnis in unterschiedliche Zimmer gegangen, um weiter klar Schiff zu machen.

Eine halbe Stunde später treffen sie sich eher zufällig in der Küche. Mila kaut an einem der übrig gebliebenen Schnittchen – Mama hat bewiesen, dass sie selbst für eine echte Masse Gäste immer noch zu viel vorbereiten kann – und Simon schenkt sich eine Cola ein. Sie ist zu warm, sie hat keine Kohlensäure mehr, aber irgendwie schmeckt sie genau richtig dafür, dass das Fest vorbei ist.

»Und wie fühlt man sich mit achtzehn?«, fragt Mila, als die Stille anfängt, komisch zu werden. Aber diese Frage fühlt sich genauso komisch an. Das ist doch was, was Onkel und Tanten fragen, wenn sie keine Ahnung haben, worüber sie mit ihrem Neffen, den sie zweimal im Jahr sehen, sprechen sollen.

»Nicht anders als mit siebzehn«, antwortet Simon automatisch. Genau das hätte er den Onkeln und Tanten gesagt, und auch das ist wieder komisch.

Wird das die Zukunft sein? Ihre Zukunft, die sie sich doch ganz anders ausgemalt haben? Dass alles, was sie miteinander machen, egal ob reden oder schweigen, sich einfach seltsam und falsch anfühlt?

Simon spürt einen Kloß im Hals und spült mit der Cola nach. Der Kloß geht nicht weg. Mila wirft den Rest ihres Schnittchens in den Müllsack, der an der Spüle lehnt, als wäre ihr schlagartig der Appetit vergangen.

»Ich hätte nicht gedacht, dass du kommst«, sagt Simon. Auch das fühlt sich wieder unpassend an. Als hätte man verkündet, dass man Krebs hat, nachdem der Typ an der Kasse im Handyladen zwar »Wie geht's?« gefragt hat, aber natürlich keine ehrliche Antwort erwartet. Also auch seltsam. Aber wenigstens nicht falsch. Gefühlstechnisch immerhin eine Verbesserung.

Mila schaut zu Boden, als müsse sie überlegen, ob sie einsteigen will.

»Sonst kriege ich am 11. September nur zum hundertsten Mal erzählt, wie das damals war mit dem World Trade Center. Da ist das doch mal eine schöne Abwechslung.«

Sie versucht's mit Humor. Und hat anscheinend keinen Bock, auf Nicht-falsch einzusteigen.

»War ich lang weg?«, kommt es von der Küchentür. Heiner ist wiederauferstanden.

»Nicht lange genug.« Mila konnte ihn ja noch nie leiden, wirkt aber seltsam erleichtert. Simon geht es ähnlich. Irgendwie haben Menschen, mit denen alles noch beim Alten ist, was Tröstliches. »Aber wenn du schon mal wach bist, Heiner: Die Kotze neben der Badewanne ist von dir«, erklärt Mila. »Wer kotzen kann, kann auch putzen.«

»Öhm … ja … klar.« Heiner wird ein bisschen rot, sieht sich unsicher um und nimmt dann als erste Amtshandlung die Rolle Küchentücher mit, die auf der Anrichte steht.

»Hätte ich ihn warnen sollen, dass sie schon getrocknet ist?«, fragt Mila und schaut ihm hinterher.

»Sei nicht immer so fies zu ihm.« Simon schämt sich gleich im Anschluss für den Satz. Er hat ihr nun wirklich keine Anweisungen zu geben. »Heiner war auch mal verknallt in dich«, murmelt er hinterher. Sehr nett, denkt er gleich darauf. Jetzt mache ich ihr ein schlechtes Gewissen, indem ich Geheimnisse von Freunden ausplaudere. Angeblich gelte ich als der tollste Typ der Schule, das hat zumindest Jessy vorhin gesagt. Sie war schlichtweg zu betrunken, um noch zu lügen. Aber für den tollsten Typen bau ich echt 'ne Menge Scheiß.

Simon kann nicht anders, er legt sich die Hand aufs Gesicht und stöhnt. Er hofft eigentlich, dass Mila ihm diese nun mit ihrer Hand wegzieht, aber das tut sie nicht. Sie wartet einfach.

»Entschuldigung.« Simon stützt sich auf die Anrichte hinter sich.

»Für Heiner oder dafür, dass du Schluss machen willst?«

Es ist, als hätte ihm jemand einen Kübel Eiswasser in den Nacken gegossen. Gleichzeitig wird ihm heiß, schrecklich heiß. Er weiß, dass sein Gesicht gerade glüht. Das war schon immer so, wenn er sich ertappt gefühlt hat, weshalb er sich irgendwann schweren Herzens von Lügen verabschiedet hat. Nicht weil er sie irgendwie moralisch falsch fand. Sondern weil er Lügen einfach nicht draufhat.

Mila kommt näher. Sie legt ihm die Hand an die Wange, was angenehm kühl ist.

»Woher …«, stottert er an und klingt dabei wie acht statt achtzehn.

»Weil ich auch Schluss machen will«, sagt sie schließlich. »Ich dachte, wir schaffen das. Ich habe auch geglaubt, wir hätten es geschafft. Aber das stimmt nicht. Und ich habe keine Ahnung, warum.«

Sie zieht die Hand weg und Simon fühlt sich unendlich allein.

Davor
April

»Umsonst und outdoor« nennt sich die Veranstaltung. Das »Umsonst« ist auch 'ne super Idee, zumindest für Mila und alle aus ihrem Jahrgang, die wie sie immer knapp bei Kasse sind. Nur die werden nicht gerade viel spenden. Insofern bezweifelt sie, dass sich das am Ende tatsächlich rechnet für die Veranstalter. Das »outdoor« war aber auf jeden Fall eine mutige Entscheidung für Ende April. Es ist arschkalt, und die zahlreichen Lagerfeuer auf der Wiese an den Angelteichen waren vermutlich eher als atmosphärische Beleuchtung gedacht und nicht dafür, dass sich verfrorene Besucher geradezu davor stapeln.

Mila hat auf jeden Fall nicht vor, ihren Platz auf einem der Steine zu räumen, auch nicht für »Self-Fish«, die einzige der fünf Bands, die sie kennt und beim letzten Mal auch ganz lustig fand. Aber heute Abend drängen die immer relativ gleich klingenden Melodien sie nicht gerade dazu, sich statt vor den Flammen mit Tanzen aufzuwärmen. Die Texte waren wohl damals auch hauptsächlich lustig, weil Mila da zum ersten Mal richtig betrunken war. Immerhin, jetzt wird ihr noch ein bisschen wärmer. Das macht die Scham, als sie sich daran erinnert, wie sie Sofies Mutter, die den Abholdienst übernahm, ins Auto gekotzt hat. So weit wird es heute zum Glück nicht kommen. Erstens, weil sie und Sofie heimlaufen können – zwei Kilometer sind für Landkinder wie sie nichts –, und zweitens, weil sie das hier mit Sicherheit nicht so lange aushält, um ernsthaft betrunken zu werden.

»Mila! Komm! Sie spielen ›Wieder breit‹!«, schreit Sofie hinter ihr.

Sofie hat gerade die vom Familiengericht festgelegte Woche im Monat bei ihrem Vater hinter sich und ist wie immer danach fest entschlossen, sich zu amüsieren. Ginge jedem normalen Menschen so, der Montag bis Freitag in einer Dreizimmerwohnung verbracht hat, die so persönlich und anheimelnd wirkt wie eine Arztpraxis. Hauptsächlich mit Gesprächen, die eher väterliche Verhöre auf der Suche nach mütterlichen Erziehungsfehlern sind. Deswegen klingt Sophie nun, als wäre »Wieder breit« der angesagteste Song der angesagtesten Band beim angesagtesten Festival. Dabei kennt sie den Titel nur, weil der Sänger ihn gerade mit temperaturbedingtem Zittern in der Stimme verkündet hat. »Self-Fish« ist weiterhin nur die einzige von fünf Bands, die ihren letzten Auftritt nicht im Probenraum der Musik-AG ihrer Schule hatte. Es ist immer noch »Umsonst und outdoor«, das wahrscheinlich erste und letzte Festival auf Spendenbasis an den Angelteichen von Rammbach.

»Jetzt komm!«

Seufzend steht Mila auf, zieht sich den Hoodie fester und nimmt das als karmatechnische Bezahlung für ihr Glück. Das Glück, kein Scheidungskind zu sein. *Ein* Zuhause zu haben, das vier Wochen im Monat nie richtig aufgeräumt, aber immer gemütlich ist. Eltern, die auch nach über zwanzig Ehejahren immer noch mehr miteinander lachen als streiten.

»Glühwein?« Vor Mila schwebt ein Plastiktablett mit dampfenden Pappbechern.

»Au ja!«, ruft Sofies Stimme, und schon reißt ihre Hand einen Becher herunter. Mila nimmt auch einen und guckt Sofie stirnrunzelnd an. Hat sie nicht mal gesagt, dass sie Glühwein hasst? »Zu viel Zimt, zu wenig Spaß«? Doch, das hat Sofie schon mit dreizehn fachmännisch festgestellt. Ein Alter, in dem Mila noch dachte, sie würde NIEMALS in ihrem ganzen Leben jemals Alkohol trinken.

Mila schaut zum bislang unerkannten Glühweinspender und der Widerspruch löst sich. Simon. Seit mittlerweile zwei Jahren eines der zwei Hauptthemen von Sofie. Ungefähr gleichauf mit (stets begleitet von einem genervten Augenrollen) »Mein Vater …«. Hat irgendwie auch was Logisches: Sofies Vater ist für seine Tochter der Inbegriff des schrecklichen Typen. Simon ist das Gegenteil, auch wenn Sofie vorher noch nie – zumindest nach Milas Kenntnisstand – ein Wort mit ihm gewechselt hat.

»Mila?«

Ähm … hat Simon gerade ihren Namen gesagt? Sie schaut ihn an, und zum ersten Mal versteht sie so ein bisschen, was Sofie an ihm findet. Seine Augen sind braun, langweilig normalerweise, weil sie selbst braune Augen hat, aber die sind irgendwie anders.

Bernstein nennt man das, fällt ihr ein, und sie muss schmunzeln, weil es so kitschig klingt. Simon lächelt ebenfalls, und Sofie hält es für eine Reaktion auf ihr völlig übertriebenes »Diesen Glühwein habe ich gebraucht« und beginnt sofort drauflloszuquasseln, wie sie es immer tut, wenn sie unsicher ist. Mila kennt dieses Phänomen nur zu gut. Sie hat oft genug neben Sofie gesessen, wenn der Lehrer sie aufrief, als sie gerade unter dem Pult statt dem Unterricht den sozialen Medien folgte. Erfahrene Lehrer kennen es auch und unterbrechen Sofie dann nach ein paar Sekunden mit dem Hinweis, dass es gerade nicht um die unendlichen Möglichkeiten des Mobilfunks, sondern um Mathe/Geschichte/Ethik geht. Simon kennt es noch nicht und wirkt überfordert von Sofies plötzlich hervorbrechendem Redeschwall.

Mila findet es niedlich und niedlich wiederum findet sie fast so kitschig wie Bernstein.

»Glühwein ist echt so 'ne Hammeridee!«, rattert Sofie weiter. »Das nenne ich mal weit vorausgedacht. Ich mein, mit so Temperaturen kann ja keiner mehr rechnen, aber für solche Acts lohnt sich das natürlich auch, ein bisschen zu frieren. Super, dass die alle mitmachen …« Endlich atmet Sofie mal wieder ein, dabei wird anscheinend auch ihr Gehirn mit Sauerstoff versorgt, und ihr fällt zum ersten Mal in ihrem Monolog was ein, das auch Mila interessiert.

»Aber sag mal … du kennst Mila? Das hat sie mir noch nie erzählt!«

Sofie wirft ihr einen vorwurfsvollen Blick zu, als hätte Mila ihr aus purer Absicht diese wertvolle Information vorenthalten. Das ist natürlich Blödsinn. Noch größerer Blödsinn ist, dass Mila deswegen rot wird, was man aber zum Glück in dieser Düsterkeit wohl kaum sehen kann.

»Ich weiß ehrlich gesagt nicht, woher.« Sie nimmt schnell noch einen Schluck, weil das jetzt irgendwie arrogant klingt, und es gibt überhaupt keinen Grund, arrogant sein zu wollen.

»Na ja, ich sah da noch ziemlich anders aus«, erklärt Simon. »Ich war 'ne Zeit lang öfter mit deinem Bruder unterwegs.«

Immerhin wirkt Sofie jetzt nicht mehr vorwurfsvoll, sondern verwirrt. Milas Bruder Jan ist mittlerweile zweiundzwanzig und wohnt schon seit drei Jahren nicht mehr zu Hause. Für Mila ist das Rätsel der einseitigen Bekanntschaft von Simon und ihr dafür gelöst.

»Oh … du warst einer der Jünger?«, fragt sie und beißt sich auf die Unterlippe. Er wird ja wohl kaum wissen, dass »Jünger« die

Bezeichnung von Milas Eltern für die pubertierenden Jungs war, die Jan rund ein Jahr vor dem Abi statt gleichaltrigen Freunden ständig um sich hatte. Wahrscheinlich weil von denen deutlich leichter Anerkennung und Bewunderung zu holen war als von den Leuten aus denselben Kursen.

Simon lacht. »Oh. So habt ihr uns genannt.«

Ein kluger Kopf, denkt Mila, womit wir mit Bernstein und Niedlich jetzt ein Kitschtrio hätten. Aller guten Dinge sind drei, und langsam fragt sie sich, ob sich gerade eine Neunzigjährige ihres Gehirns bemächtigt hat, weil sie ständig so altmodisches Zeug denkt.

»Das ist so cool! Da musst du mir alles drüber erzählen«, schaltet sich Sofie strahlend ein, viel zu laut und sichtlich erleichtert, dass ihre beste Freundin doch keinen Hochverrat begangen hat und es für alles eine ganz harmlose Erklärung gibt. Wie in den Schmonzetten, die Sofie ab und zu auf ihrem E-Reader liest. Der einzige Lesestoff, den sie außer der Deutschlektüre an sich ranlässt, und den als einzigen freiwillig.

»Ich glaube, das kann deine Freundin bestimmt viel lustiger erzählen«, sagt Simon. »Ich find das im Nachhinein betrachtet eigentlich nur noch weird, dass dein Bruder das überhaupt gemacht hat. Also, ich hätte zumindest keinen Bock, mit Unterstuflern abzuhängen, während ich fürs Abi büffle.«

»Ah, da ist ein Platz am Feuer frei«, ruft Sofie. »Kommt, wir setzen uns einfach mal gemütlich hin und quatschen.«

Vorsicht, denkt Mila. Sonst wird das heute doch noch was mit Hochverrat.

Danach
August

Ehrlich, Mila gönnt es ihr. Sofie hat schon seit der vierten Klasse von ihrem Freund geträumt. Erst waren es, wie es immer so ist, die völlig unerreichbaren: Sänger von Bands, die Mila zugegebenermaßen damals auch toll fand und heute peinlich. Dann kam eine lange YouTube-Phase bei Sofie. Irritierenderweise waren das meistens Mittzwanziger, die, statt an der Uni zu sein, offensichtlich den ganzen Tag mit Headset und einer Colaflasche vor einer Webcam irgendwelche Ego-Shooter in Plauderlaune durchzockten. Das fand Mila damals schon so peinlich wie heute. Ab der achten näherte sich Sofie langsam der Realität. Da war es dann der Schulsprecher, der natürlich wenig Interesse an einer Vierzehnjährigen zeigte. Oder der Held der Theater-AG, der mit seinen damals sechzehn Jahren vielleicht irgendwie infrage gekommen wäre. Dass er sich nach dem Abi als schwul geoutet hat, war ein später Trost für Sofie. Dann erschien Simon auf der Bildfläche, und ja, das hätte klappen können, wenn nicht Mila reingegrätscht wäre. Alleine deshalb schon gönnt Mila Sofie ihren Stan, der eigentlich Stefan heißt, wirklich. Er sieht gut aus, ist auf eine etwas langsame Art echt witzig und er vergöttert Sofie genauso wie sie ihn.

Aber müssen sie das, verdammt noch mal, immer so raushängen lassen? Am Anfang fand Mila das ja noch putzig, dass die beiden, wenn sie nebeneinandersaßen, keine zwanzig Minuten später eher übereinanderhingen. Aber sie sind jetzt auch schon fast ein Jahr zusammen. Das hier ist das Eiscafé in der Fußgängerzone, und die besorgten Blicke, die Eltern von Kindergartenkindern gerade hier rüberwerfen, sind echt peinlich.

Du bist nur neidisch, denkt Mila, streitet es erst ab, um sich dann zu fragen, ob es nicht doch stimmt.

Klar, man muss sich nicht verhalten wie beim Casting für einen Softporno. Aber dass Simon jetzt schon seit einer halben Stunde offensichtlich genauso wenig Sehnsucht nach einer Berührung von Mila hat wie sie von ihm, ist schon auffällig.

»Ich hätte das nicht ausgehalten, was ihr durchgemacht habt«, sagt Stan, als sich seine Lippen zum fünften (oder zehnten) Mal innerhalb dieses »Pärchentreffs« von Sofies Lippen lösen.

Simon schaut ihn stirnrunzelnd an. Dieses Stirnrunzeln fand ich mal echt süß, fällt Mila ein. Jetzt erinnert es sie an einen Uniprofessor, obwohl sie keinen Uniprofessor kennt.

Dann fängt Simon an zu lachen. Das Lachen findet Mila immer noch süß, aber sie sieht es mittlerweile nur noch für andere, nicht mehr für sich. Klar, er lacht sie immer noch an. Auch sonst ist doch alles wie vorher. Sie gehen ins Kino. Treffen Freunde. Schlafen miteinander, wenn die jeweiligen Eltern dankenswerterweise einem jungen Paar auch mal Zeit für sich alleine lassen. Obwohl: Mittlerweile ist Mila fast dankbarer, wenn Mama und Papa oder wenigstens einer von beiden zu Hause sind. Damit es nicht zu der Situation kommt, auf die sie mit Simon mal ebenso verängstigt wie erwartungsvoll hingefiebert hat. Nicht dass Mila Angst davor hätte. Nicht dass es ihr keinen Spaß mehr machen würde. Aber es fühlt sich trotzdem immer irgendwie falsch an.

Wie Sex mit einem Toten, denkt sie und fragt sich, wo sie eigentlich so eklige Gedanken herhat. Sofie ist diejenige mit dem Hang zu Horrorfilmen, für die Mila das Label »ab 18« eigentlich noch unverantwortlich findet.

»Nee ehrlich« – Stan hat noch mal geküsst, als müsste er damit

Atem holen für eine Fortsetzung des Gesprächs –, »ich hätte das nicht ausgehalten.« Eigentlich nur eine Wiederholung der letzten Feststellung, denkt Mila.

»Jetzt mach mal einen Punkt«, erwidert Simon. »Das klingt ja, als hätten wir eine Naturkatastrophe erlebt. Oder wären bei so einem Irren im Keller eingeschlossen gewesen.«

Sofie lacht, klingt dabei fast ein bisschen begeistert, was wohl an der Begeisterung für eben ziemlich perverse Horrorfilme liegt.

»Das waren wir nun nicht«, sagt Mila. Warum gibt sie diesen völlig unnötigen, keinerlei neue Informationen enthaltenden und damit eben auch rundum belanglosen Satz von sich? Vermutlich weil sie so gut wie gar nichts geredet hat, seitdem sie hier sitzen, und der mittlerweile restlos leer genuckelte Milchshake auch keinen guten Grund mehr für ihr Schweigen liefert. Es soll nicht so wirken, als wäre sie sauer. Sie ist nicht sauer. Oder beleidigt. Sie ist nicht beleidigt. Keiner soll sich wegen ihr unwohl fühlen, nur weil sie sich so schrecklich unwohl fühlt und keinen guten Grund dafür im Angebot hat. Simon und sie haben das doch bestens gemeistert. Sie haben sich doch mittendrin auch immer wieder gegenseitig dafür gelobt, wie gut sie das hinkriegen. Sie haben es auch all ihren Freunden erzählt.

»Abgerechnet wird am Schluss«, erklärt ihr Deutschlehrer Herr Nunnse in ihrem Kopf. Er spricht dann meistens über das Abi. Aber hier geht es um ihre Beziehung. Ihre erste echte Beziehung, die sie gar nicht gesucht, die sie aber gefunden hat, und die deshalb eigentlich begonnen hat wie ein Märchen. Aber kein Märchen endet mit »Abgerechnet wird am Schluss«.

Simons Hand liegt auf der Tischfläche neben dem Löffel seines Eisbechers. Sie greift nach ihr und bemerkt das leise, erschrockene Zucken, weil er nicht damit gerechnet hat. Dann dreht er die Handfläche und umschließt damit ihre Finger, ein bisschen zu fest, wie sie findet.

So greifen tote Händchen.

Sie schüttelt kurz den Kopf und Sofie fragt »Ist was, Milli?«.

»Nur 'ne Mücke«, behauptet sie.

Vielleicht wäre eine Naturkatastrophe besser gewesen. Die hätte uns das nicht angetan.

Gott, wie sie es hasst, pathetisch zu werden.

Davor
Mai

Simon ist froh, dass Sofie die beiden in letzter Minute versetzt hat. Mila ist natürlich sauer, aber Simon muss zugeben, dass er sich jetzt noch mehr auf den Abend freut. Sofie ist in Ordnung, auf ihre chaotische Art sogar schwer in Ordnung. Aber, so gemein das ist, natürlich ist sie auch meistens das fünfte Rad am Wagen.

Sie betrachten das Filmangebot auf den Bildschirmen über der Kasse.

»Wenn Sofie nicht dabei ist, können wir übrigens auch was anderes angucken«, sagt Mila.

»Oh.« Simon ist überrascht. »Ich dachte, du stehst auf Horror.«

»Ich?« Mila lacht. »Also, mal ganz davon abgesehen, dass uns der dritte Teil höchstwahrscheinlich nichts sehr Neues über die mordende Bauchrednerpuppe erzählt – ich müsste ihn nicht mal haben, wenn es der erste Teil ist.« Sie schaut ihn prüfend an.

»Ich kann dich wahrscheinlich nicht von einem demenzkranken Professor, der seine Tochter wiederfindet, überzeugen, oder?«, fragt sie.

Mila könnte ihn sogar davon überzeugen, wenn der Professor sie nicht wiederfindet, aber Simon will ja nicht völlig charakterlos erscheinen.

»Mit Pixar hast du nichts am Hut?«, stellt er die Gegenfrage. Ein Leuchten wandert über ihr Gesicht.

»Total! Mir war's nur zu peinlich, das vorzuschlagen.«

»Na dann hab ich ja den peinlichen Part übernommen.«

Er tritt zur schon etwas unwirsch dreinschauenden Frau an der Kasse und kauft die Karten, auch wenn Mila protestiert. Dann pirschen sie zur Snackbar.

»Eher süß oder eher salzig?«, fragt er.

»Beides.« Sie drängt sich vor ihn. »Und die Verpflegung geht auf mich.« Sie ordert Tacos mit zwei Soßen, ein mittleres gezuckertes Popcorn und zwei kleine Colas.

»Nehmt besser gleich das Pärchenmenü«, empfiehlt der Typ mit der albernen Mütze hinter dem Tresen. »Kostet fünfzig Cent mehr, dafür sind die Getränke groß und das Popcorn auch.«

Simon freut sich, dass sie ein bisschen rot wird, bevor sie tapfer nickt und ein »Überzeugt« hinterhermurmelt.

Er freut sich noch mehr, dass das Kino fast leer ist. Der Film läuft schon ein paar Wochen und ist offensichtlich nicht sehr gefragt bei Besuchern der Abendvorstellung.

Sie verstauen ihre Pappbecher in den Sitzhalterungen und dann passiert es. Mila stößt beim Dippen mit einem Taco gegen das Becherchen mit Salsa auf Simons Knie, das wackelt und einen Kleckser auf seiner Jeans hinterlässt.

»Scheiße! Sorry.« Sie beginnt sofort hektisch, mit ihrer Serviette darauf rumzuwischen, was den Fleck zwar nicht besser macht, aber eine Berührung ist. Simon ist kurz davor »Weiter so« zu sagen. Er hält sich zum Glück zurück. Klingt wie etwas, was nur eklige alte Männer sagen würden, und er will für Mila ein appetitlicher junger Mann sein. Sein Kumpel Lasse meint zwar, das wäre doch jetzt eh alles völlig sinnlos, aber Lasse fühlt ja auch nicht das, was Simon fühlt.

Mila hält inne beim Tupfen und schaut ihn an. Er schaut zurück und wäre gern mutig genug, seinen Kopf jetzt einfach mal vorzustrecken und seine Lippen auf ihre zu drücken. Aber so mutig war er bisher noch nie im nüchternen Zustand und nur bei Mädchen, bei denen es ihm egal war, ob sie ihm hinterher eine scheuern. Was sie immerhin nie getan haben. Wobei: Der Lachkrampf, den Lasses ältere Schwester damals bekommen hat, war eigentlich schlimmer als jede Ohrfeige.

Die Stille wird komisch.

»Wirkt jetzt wie ein total verzweifelter Anbaggerversuch«, fällt Mila auf. Sie knüllt die Serviette zusammen und steckt sie in die Hosentasche.

»War's denn einer?«, fragt er, was er als Ersatz für einen Kuss ziemlich schwach findet.

»Ähm.«

Einen Moment lang hat er Schiss. Richtig Schiss. Dass er die Blicke falsch gedeutet hat, die sie ihm manchmal auf dem Schulhof zugeworfen hat. Dass ihre Unterhaltungen in der Pause nur deshalb zwei Minuten länger dauerten, als es der Gong eigentlich erlaubte, weil Mila Gespräche nun mal gerne zu Ende führt. Sie nur mitgekommen ist in den Club und zum Klettern, weil sie halt Clubs mag und gerne klettert. Dass er jetzt, wo die Werbung vorbei ist, neunzig Minuten Zeit hat, sich zu schämen, während computeranimierte Roboter ihre Liebe zum Landleben entdecken.

Sie versenkt ihr Gesicht in den Händen. »Sofie bringt mich um.«

Hm, das klingt zwar rätselhaft, aber nicht unbedingt nach einem Grund zum Schämen. Und na ja, so rätselhaft ist es eigentlich auch nicht, wenn er ehrlich ist. Ihm ist ja schon aufgefallen, dass er Sofie nervös macht, und er ist nicht mehr so jung, dass er keine Ahnung hat, was wohl dahinterstecken könnte. Sofie ist mit ihren langen blonden Haaren und den ihre wirklich vorteilhafte Figur betonenden Klamotten eigentlich genau das, was seine Freunde (und zugegebenermaßen auch er) eine »hot Chica« nennen. Natürlich nur, solange keine Frau in der Nähe ist, die das – wenn sie eine coole Frau ist – zu Recht doof findet.

Trotzdem: An Sofie hat sich Simons Blick an diesem Abend an den Fischteichen nicht festgesogen. Er mag dieses Mädchen mit schulterlangen roten Haaren, das wirklich witzig ist und dessen Kleiderschrank außer einer ganzen Masse Jeans und Tops nicht viel Abwechslung bietet, einfach viel lieber. Vermutlich hat er es gar nicht so mit Chicas, sondern steht mehr auf diese Kumpeltypen bei Frauen. Dafür wäre er früher von den meisten seiner Freunde als Schwuli bezeichnet worden. Das sparen sie sich mittlerweile, seitdem Lasse gesagt hat, dass er übrigens schwul ist, die Gang auch wirklich gerne hat und sich wegen so einem Schwachsinn keine neuen Freunde suchen möchte.

Aber Simon wollte es sich wohl einfach nicht eingestehen, dass Sofie ihn mehr mag als normal. Zum einen, weil er es eitel gefunden hat. Wer einen Vater wie Simon hat, weiß, dass Eitelkeit eine wahnsinnig schlechte Eigenschaft sein kann. Zum anderen wollte Simon es wohl nicht sehen, weil ihm klar war, dass es das Ganze komplizierter machen würde.

Mila taucht wieder aus ihren Händen auf.

»Und es ist doch eigentlich auch schwachsinnig, oder?«, fragt sie ihn. »Ich meine, wie lange ist es noch? Ein Monat? Zwei?«

»Hat mein Freund Lasse auch gesagt.« Simon seufzt. »Aber das ändert für mich gar nichts. Ich kann nicht anders.«

Sie guckt gequält, und es tut ihm natürlich leid, dass sie wegen ihm nun so in der Zwickmühle steckt, aber es freut ihn auch.

Er hört ein Vibrieren. Dann noch eins. Mila nestelt ihr Smartphone aus ihrer Jeans. Eine dunkelgrüne, die er auch noch nie gesehen hat. Sie trägt zwar nur Jeans, aber davon hat sie wirklich eine Menge.

Mila stößt ein schnaubendes Lachen aus.

»Sofie«, erklärt sie. »Sie schreibt: ›Du darfst ihn übrigens küssen.‹«

Sie hält ihm das Display entgegen. Danach hat Sofie noch getextet. »Und ich bin NICHT SAUER deswegen!!!!!!«

Eine weitere Nachricht trudelt gerade ein: »Sauer bin ich nur, weil ich den Film ECHT GERN gesehen hätte. Ich hoffe, du weißt, was ich da für ein Opfer bringe!!!!«

Mila dreht das Gerät wieder zu sich und lacht kopfschüttelnd, bevor sie es zurück in die Tasche steckt.

»Willst du mich denn küssen?«, fragt Simon, als sie ihn danach ratlos anguckt.

»Mach es einfach, damit wir endlich in Ruhe den Film gucken können!«, ruft es hinter ihnen.

Ups, Simon hatte gar nicht gemerkt, dass sich nur zwei Reihen hinter ihnen eine Kleinfamilie hingesetzt hat, die sie – von der Mutter über den Hipstervater bis zu den zwei vielleicht zehnjährigen Söhnen – alle genervt angucken.

»Sorry«, murmelt Mila, beugt sich vor und drückt ihre Lippen auf die von Simon. Er öffnet sie leicht und ist überrascht, wie zielsicher Milas Zunge sich ihren Weg zu seiner bahnt. Andererseits: Hat er wirklich geglaubt, sie hätte noch nie geküsst? Er hat es schließlich auch schon einige Male getan und die Mädchen sind in der Hinsicht ja oft zwei, drei Jahre früher dran. Aber so einen Kuss hat er noch nie erlebt. Es ist der schönste Stromschlag der Welt, als sich ihre Zungenspitzen berühren. Ein wunderbar warmes Kribbeln breitet sich aus, selbst seine Kopfhaut scheint zu vibrieren, und er schließt die Augen noch fester, weil es sich dann noch intensiver, noch echter anfühlt.

Es ist gleichzeitig das Aufregendste und seltsamerweise auch das Beruhigendste, was er je gespürt hat.

Die Kleinfamilie hinter ihnen applaudiert. Einer der Jungs sagt: »Das ist eigentlich das Beste am ganzen Film.«

Er bemerkt, dass sich auch Milas Lippen zu einem Lächeln verziehen, und er freut sich wie ein Schneekönig, dass sie trotzdem nicht stoppt, trotzdem bei ihm bleibt.

Als sie achtzig Minuten später aus dem Kino kommen, kann keiner von ihnen sagen, wovon der Film gehandelt hat oder wie einer der Charaktere hieß.

»Wir können ihn ja mal irgendwann streamen«, schlägt Mila vor und drückt seine Hand, die in ihrer liegt.

»Klar«, bestätigt Simon. »Ist ja schließlich mein neuer Lieblingsfilm.«

Danach
Juli

Jetzt bereut Mila es doch, dass sie Nein gesagt hat. Ja, sie hatte gute Gründe. Allen voran: Sie kann Simons Eltern nicht ausstehen. Sie hat vor einem Jahr schon die Stunde Autofahrt alleine mit ihnen kaum ausgehalten. Simons Mutter fragt Mila permanent ab, wie sie sich ihr weiteres Leben vorstellt. Dabei hatte sie es ihr auch vor dieser letzten Autofahrt schon mindestens dreimal erzählt, und ihre Lebensplanung ändert sich nun mal nicht im Minutentakt.

Gut, jetzt ist es schon etwas länger her, aber ehrlich gesagt, findet Mila große Planung, bevor sie das Abi in der Tasche hat, eher Zeitverschwendung. Auch wenn das Abi jetzt zugegebenermaßen doch ganz schön greifbar geworden ist. Ihr wird irgendwie mulmig, wenn sie daran denkt.

Aber noch schlimmer, als Simons Mama mit innerlichem Seufzen zum x-ten Mal das Gleiche vorzutragen, fand sie die Vorstellung, dass sich genauso zum x-ten Mal Simons Vater einschaltet. Um sie an dem teilhaben zu lassen, was er nicht schon alles Tolles in ihrem Alter auf die Beine gestellt hat. Immer gefolgt von dem Standardsatz, dass das für so ein »junges Ding von heute« bestimmt gar nicht nachvollziehbar ist.

Schon beim Gedanken an »junges Ding« kriegt Mila so ein leichtes Würgen im Hals. Ja, sie ist jung, nur kein Neid, aber »Mila ist übrigens eine *sie* und kein *es*«, wie Simon mal bei einem gemeinsamen Restaurantbesuch festgestellt hat. Was Simons Papa nur mit dem Kommentar quittierte, dass die junge Generation einfach viel zu empfindlich sei, um irgendeines der »echten« Probleme in Angriff zu nehmen. Was für Herrn Schmochler ein echtes Problem ist, weiß Mila bis heute nicht. Klimawandel (»Wetter hat sich immer geändert«), Rassismus (»Das wird aber von den Medien auch gerne hochgepusht«) und gierige Großkonzerne (»Ständig dieses Schnappen nach der Hand, die einen füttert«) zählt er ja offensichtlich nicht dazu.

Gut, sie hätte natürlich auch mit Simons Gang fahren können. Lasse hatte es extra noch mal angeboten. Trotzdem wollte sie es nicht. Sofies Einschätzung von »Oh, das wird voll romantisch. Mit ganz vielen Zuschauern wie bei so einer Reality-Doku!« war natürlich als Ermutigung gedacht. Aber Sofie hat definitiv andere Qualitätskriterien in Sachen gutes Fernsehen als Mila.

Egal, der Zug – beziehungsweise Lasses Auto oder das von Simons Eltern – ist abgefahren. Kann sie ja als Erfahrung verbuchen, und sollte sie jemals wieder in einer ähnlichen Situation sein, anders entscheiden. Jetzt weiß sie immerhin, dass sie dann stundenlang nach Schulschluss nur unruhig in ihrem Zimmer rumtigert. Eigentlich hätte sie es in der Zeit auch mal aufräumen können. Aber das lohnt sich jetzt wohl auch nicht mehr, denkt sie mit Blick auf die Uhrzeit auf ihrem Smartphone. Er müsste schon längst da sein. Ist ja nun doch schon über zwei Stunden her, seit die »Gelandet!«-Info auf ihrem Handy eingetrudelt ist. Selbst wenn man ein längeres Begrüßungsbohei einrechnet und die Stunde Fahrzeit, reicht die noch verbleibende Zeit ja wohl zum Frischmachen.

Na toll, jetzt hast du es so lange ausgehalten, und auf den letzten Metern wirst du doch noch zur Zicke.

Obwohl: Ist es zickig, wenn sie einfach kurz textet, ob er abschätzen kann, wann er kommt?

Sie hat das Chatfenster schon aufgerufen, löscht die gerade eingetippten Buchstaben aber gleich wieder. Irgendwie wäre so eine »Übrigens, ich warte«-Message einfach eine total unromantische Ergänzung zu ihrer letzten Botschaft »ICH! FREU! MICH! SO!«.

»Simon! Mensch, du siehst gut aus!«, hört sie ihre Mutter von unten. Sie hat ihn wohl in der Auffahrt gesehen, sodass er gar nicht klingeln musste.

Er ist da. Alles gut.

Er plaudert kurz, erzählt irgendwas davon, dass das bei dem Essen in den Staaten echt nicht ganz einfach war, in Form zu bleiben, und fragt dann: »Ist sie oben?«

Seine Schritte auf der Treppe. Sie stellt sich in Position und kommt sich albern vor.

Es klopft.

»Herein, wenn's kein Schneider ist«, ruft sie, weil ihr einfach nichts wirklich Witziges einfällt.

»Oh Gott, ich bin in einem anderen Jahrhundert gelandet«, sagt er, als er hereinkommt. Dann stehen sie sich gegenüber und schauen sich an.

Seine Haut ist ein bisschen dunkler, als Mila sie in Erinnerung hat. Seine Haare sind dafür ein bisschen heller. Das Lächeln kommt ihr auch anders vor – nicht irgendwie schuldbewusst oder so was, was Sofie jetzt wahrscheinlich gleich reindeuten würde, damit wir wieder mehr in Richtung Dokusoap kommen, aber … anders.

Sie guckt von ihm zu ihrem aufgeklappten Laptop und dann wieder zu ihm.

»Hä?«, fragt er. Er hat ihren Blick bemerkt.

Sie lacht ertappt. »'tschuldigung. War so ein Reflex. Musste mich wohl versichern, dass du nicht mehr dadrin wohnst.«

Er lächelt sein anderes Lächeln und nickt und blickt zu Boden und scheint auch nicht ganz zu wissen, wie weiter.

Eigentlich ist es doch klar, wie weiter, denkt Mila und ärgert sich, dass sie es nicht gleich getan hat.

Sie geht zu ihm, umarmt ihn, fährt über seine neue Frisur und stellt fest, dass er wohl ein paar Zentimeter gewachsen ist. Die Stecke bis zur Oberseite seines Kopfes war beim letzten Mal kürzer.

Dann küssen sie sich. Mila küsst lange und intensiv, weil sich das so gehört, vermutet sie.

Gleichzeitig fällt ihr etwas auf, was sie mehr erschreckt als die dunklere Haut und die Frisur und das Wachsen.

Er riecht anders.

Einen kurzen Moment hat Mila das Gefühl, sie muss heulen.

Aber wahrscheinlich, versucht sie, sich zu beruhigen, ist das nur die Freude, ihn wiederzuhaben.

Davor
Juni

Okay. Jetzt hat er doch Schiss.

Er hatte gedacht, das kommt nicht mehr. Die Zusage ist schließlich schon vor über sechs Monaten eingetrudelt, da hatte er doch eigentlich genug Zeit zum Schisskriegen. Kriegte er aber nicht. Da war erst nur Vorfreude. Als er mit Mila zusammenkam, auch etwas vorgezogene Sehnsucht. Doch niemals Schiss.

Aber jetzt, an diesem letzten Junitag, kommt der Schiss doch noch. An diesem letzten Tag hier in seinem Zimmer, in seinem Zuhause, an der Seite seiner Freundin, die er »ja unbedingt noch freien musste«. Das hat sein Vater ihm vorgeworfen in seiner wohlbekannten altertümlichen Abfälligkeit, die eher nach Achtzig- als Fünfzigjährigem klingt. Es tut gut, an Papa zu denken. Das macht Simon immer wütend. Wut ist erfrischend und gibt Kraft. Besser, als an Mila zu denken. Das macht ihn traurig und Traurigkeit zieht Energie ab.

Mila wird er wahnsinnig vermissen, wenn er sie die nächsten zwölf Monate aus einem (immerhin mit WLAN ausgestatteten) Bauernhof in Arizona nur noch durch das Auge seiner Webcam sehen wird. Dass diese Webcam aber 17.772 Kilometer Luftlinie Abstand vom heimischen Esszimmertisch hat, an dem Papa allabendlich Weisheiten, Ermahnungen und politischen Schwachsinn von sich gibt, ist gut. Sehr gut sogar.

Vielleicht stirbt er ja in diesem Jahr, denkt Simon und fühlt sich schlecht.

Nein, stimmt nicht. Er glaubt, er müsse sich schlecht fühlen, aber wenn er ganz ehrlich ist: Nein. Tut er nicht.

»Dein Vater war ja wieder bezaubernd«, sagt Mila, die schweigend und mit ihm auf seinem Bett Händchen haltend das »letzte Abendmahl, haha« verarbeitet.

»Ja, war toll, ne?« Als Antwort drückt sie nur zustimmend etwas fester.

»Sicher, dass du dir das morgen antun willst?«, fragt er. »Denk dran: Bei der Rückfahrt bin ich nicht mehr dabei.«

»Da wir eh um vier Uhr aufstehen müssen, kann ich dann ja einfach schlafen.«

»Er wird trotzdem reden, mach dir da keine Hoffnungen. Und du weißt, dass sein Reden immer ein bisschen wie Brüllen ist. Da ist nichts mehr mit Schlafen.«

Statt etwas zu sagen, lehnt sie ihren Kopf an seine Schulter, und er streicht langsam über ihr Haar.

»Müssen wir noch was erledigen?« Sie schaut sich suchend im Zimmer um. »Noch mal checken, ob du alles hast?«

Er zeigt auf die Koffer vor seinem Kleiderschrank. »Wir sind die jetzt dreimal durchgegangen. Was jetzt nicht mitkommt, will nicht mitkommen.«

»Ich pass leider nicht mehr rein«, seufzt sie, und er lacht.

»Laufen wir noch ’ne Runde?«, fragt er. Mila nickt, sie ziehen sich die Jacken an und tapsen vorsichtig die Treppe runter. Seine Mutter ist schon ins Bett gegangen, angeblich um morgen fit zu sein. Aber die Flasche Weißwein, die sie vorhin geleert hat, hat mit Sicherheit mehr damit zu tun und sorgt jetzt für einen tiefen Schlaf. Doch unter der Tür von Papas Arbeitszimmer ist Licht, man hört das immer zornig klingende Tackern seiner Tastatur, und dem Alten will Simon heute nicht noch mal begegnen.

Es ist ganz schön frisch geworden. Die letzten drei Tage hat es überraschenderweise fast durchgeregnet, die Luft ist nach einigen schwülen Tagen abgekühlt und riecht nach feuchtem Gras.

Sie überqueren die Hauptstraße und den dahinterliegenden Fahrradweg und dann sind sie schon auf der Wiese. Früher wurde hier mal Raps angebaut, aber das war spätestens vorbei, als Simon eingeschult wurde. Eine Zeit lang hat die Dorfjugend sie als Fußballplatz zweckentfremdet, bis sich der Besitzer darüber wohl beschwert hat. Wenn er schon nichts damit anfangen kann, soll es wohl auch kein anderer tun.

Mit Mila hat er sie dann aber wieder zweckentfremdet. Da der nächste Wald einige Kilometer weiter weg ist, ist ein Spaziergang hier über dieses Feld ihr Ritual geworden, an den Abenden, an denen sie bei ihm schläft.

Wobei: Kann man etwas ein Ritual nennen, bei dem es keine zwei Monate her ist, dass man es das erste Mal gemacht hat? Und vielleicht acht, neun Mal insgesamt?

»Was denkst du?«, fragt sie, und er erzählt ihr von seinen Gedanken zum Ritual. Sie überlegt ein Weilchen, während beide vorsichtig einen Fuß vor den anderen setzen, um im feuchten Gras nicht auszurutschen.

»Na ja, ein Ritual ist ja nicht nur etwas, das man oft macht. Es ist ja auch etwas, das irgendwie eine Bedeutung hat. Also eine übergeordnete Bedeutung, meine ich. Ist jetzt eine Definition, wofür man in Religion oder Lebenskunde nicht so 'ne gute Note kriegen würde, aber weißt du, was ich meine?«

Simon nickt. Er weiß, sie spürt die Bewegung seines Kopfes durch seinen Arm hindurch, in den sie sich eingeklinkt hat. Etwas, das er vor allem bei diesen Spaziergängen gelernt hat.

»Und ich glaube, so gesehen ist das schon ein Ritual«, redet sie weiter. »Vielleicht laufe ich hier einfach mal lang, wenn ich dich zu sehr vermisse. Und du läufst durch ein Kornfeld in Arizona und dann erinnert es dich an uns. Das ist vermutlich der Zweck von Ritualen.«

Er zieht sie enger an sich und küsst sie. Dann legt er seine Stirn an ihre.

»Ich find's schön, dass wir ein Ritual haben«, sagt er. »Aber wird das reichen, damit wir uns noch so nah sind, wenn ich in einem Jahr zurückkomme?«

Sie schweigt und lässt ihre Stirn an seine gelehnt. Dann sagt sie: »Da vertrau ich eher auf deine Webcam und das WLAN in Arizona.«

Milas Blick ruht noch einen Moment auf dem Fenster von Simons altem Zimmer. Irgendwie fände sie es schön, wenn dort jetzt Licht wäre, aber wahrscheinlich ist es mittlerweile eine Abstellkammer. Vielleicht wohnen Simons Eltern nicht mal mehr hier, sein Vater hat ja immer behauptet, er wäre ein »Global Player«.

Mila biegt nach rechts ab und läuft auf die große Wiese. Sie ist mittlerweile Teil der sogenannten »Landkulturregion«, mit der zwölf Bürgermeister im Umkreis zeigen wollten, »dass Natur und Kunst in einen intensiven Dialog treten können«. Hat Mila auf der Homepage der Stadtverwaltung gelesen, als sie versuchte herauszufinden, ob sie ihren neuen Hauptwohnsitz in München da melden muss. Der »intensive Dialog« sieht so aus, dass man auf ehemaligen Landwirtschaftsflächen nach einem undurchschaubaren Prinzip Skulpturen unbekannter Bildhauer aufstellt in der Hoffnung, dass das Touristen anzieht. Hier ragt zum Beispiel ein Steinhaufen in die Höhe, dessen oberster Block ein nach oben gerichteter Zeigefinger wird. Die Nacht ist sternenklar, Milas Augen haben sich schon an die Lichtverhältnisse gewöhnt, sie kann ihn ziemlich gut erkennen.

»Hallo?«, fragt der Steinhaufen, ein rotes Auge glimmt auf, und Mila gibt einen japsenden Schrei von sich. In dieser Zeit, also nicht einmal einer Sekunde, stellt sie sich verblüffend viel vor. Die verzweifelten Gesichter ihrer Eltern nach wochenlanger, erfolgloser Suche. Wie sie sich den Rest ihres Lebens Vorwürfe machen, weil sie unbe-

dingt noch auf diesem Geburtstag bleiben wollten. Die Titelseite der Regionalzeitung in fünf Jahren, die berichtet »Vergewaltigungsopfer doch noch gefunden!« und in der Zeile darunter fragt »Lebt der Täter unerkannt mitten unter uns?«.

Nach dem ersten Wahnsinnshüpfer geht ihr Herz langsam wenigstens wieder ein bisschen ruhiger. Immerhin hat Glutauge sie noch nicht gepackt und zerrt sie nicht zum Maisfeld ein paar Hundert Meter weiter. Tatsächlich zittert sein Smartphone, das gerade Licht spendend zum Leben erwacht, und seltsamerweise klingt die Stimme, die gerade »Entschuldigung, das wollte ich nicht« murmelt, irgendwie vertraut.

»Mila?«

Sie legt den Kopf schief und betrachtet das Gesicht, das vom Display angestrahlt wird. Die Haare sind raspelkurz, die Wangenknochen treten noch ein bisschen markanter hervor als früher, und offensichtlich, verrät das zum Joint gewordene Glutauge, kifft er mittlerweile.

»Gott, Simon, hast du mich erschreckt!«

Er lacht. »Danke gleichfalls.«

Sie lacht auch, das Herz schlägt normal, und dann hat sie keine Ahnung, was sie sagen soll.

»Was machst du so?«, fragt Mila schließlich, weil sie »Wie geht's dir?« noch blöder findet.

Er seufzt. »Mein Vater hatte 'nen Herzinfarkt, und ich bin übers Wochenende hier, um mir anzuhören, dass ich eigentlich schuld daran bin.«

»Oh«, sagt sie. »Tut mir leid.« Damit meint sie nicht Simons Vater. Der hat sich seinen Herzinfarkt redlich verdient. Sie meint damit, dass Simon sich das Gewäsch von dem Typen immer noch anhören muss. Interessanterweise scheint er das auch sofort zu verstehen.

»Ich bin eh immer schuld.« Mila ahnt sein Achselzucken in der Dunkelheit. »Früher war das An-allem-schuld-Sein Mamas Job, aber den hat sie Anfang des Jahres gekündigt.«

»Recht hat sie«, sagt Mila und setzt sich neben ihn. Dann fällt ihr auf, wie seltsam das ist. Sie spricht gerade so vertraut mit ihm. Als hätte es die Jahre dazwischen nicht gegeben. Nach ihrer Trennung gingen sie sich nicht gezielt aus dem Weg – also, Mila tat das zumindest nicht –, aber trotzdem schien Simon fast verschwunden zu sein. In den Pausen sah sie ihn kaum auf dem Schulhof. Wenn sie mal gemeinsam auf einer Party waren, kamen sie sich nicht mal so nahe, um »Hallo« zu sagen, sondern nickten sich nur aus der Entfernung zu. Jetzt sitzen sie hier, als »junge Erwachsene«, wie alte Erwachsene es gerne nennen, und sie nimmt sehr selbstverständlich einen Zug von der Tüte, die Simon ihr hinhält. Mila muss ein bisschen husten, ansonsten merkt sie – wie eigentlich immer, wenn sie der Form halber mal mitkifft – eigentlich nichts.

Sie zieht noch mal, hustet weniger und gibt den Joint dann zurück.

»Der ist tot«, stellt Simon fest. Der Stummel verlöscht unter seiner Schuhsohle. Das Handy ist wieder auf Stand-by und nur Sterne und Mond spenden etwas Licht.

Vermutlich werden sie sich jetzt erzählen, was jeder so studiert, nach zehn Minuten feststellen, dass es etwas frisch wird, und dann wieder in ihre eigenen Leben zurückkehren.

»Ich hab gerade an dich gedacht, als ich hierhergelaufen bin«, erklärt Simon.

»War ja unsere Abendstrecke.« Sie waren nicht lang zusammen – also auch räumlich nah zusammen –, aber sie hatten schon ihr Ritual.

»Hast du dich auch gefragt, warum es zu Ende ging, als ich aus dem Auslandsjahr zurückkam?« Sie nickt als Antwort, und weil er das wahrscheinlich nicht sieht, fügt sie hinzu: »Ja. Komischerweise weniger, als wir uns getrennt haben. Aber bei meinem letzten Freund.«

»Wieso das denn?«

»Weil bei dem einfach klar war, dass Schluss ist. Weil es einen guten Grund gab. Wir lernten uns kennen, fanden uns scharf und haben uns deshalb so verhalten, wie wir glaubten, dass der andere das gut findet. Aber je mehr wir in der Beziehung wieder wir selbst wurden, desto weiter lief es auseinander.«

»Kenn ich«, sagt Simon.

»Bei uns war das anders. Ich meine, ich habe mir Sorgen gemacht damals. Dass du jemanden kennenlernst. Dass wir uns nichts mehr zu sagen hätten.«

»Ging mir genauso«, bestätigt Simon. »Aber solange ich weg war, war es nie so, oder?«

»Nein. Wir haben ja wirklich alles getan, um uns nah zu bleiben. Ich habe jeden Post von dir kommentiert und du jeden von mir. Wir haben uns übereinander lustig gemacht, als stünden wir uns direkt gegenüber. Wir haben uns Pakete geschickt, bei denen das Porto teurer war als der Inhalt. Du hattest immer was zu erzählen, ich aber auch. Unsere Videotelefonate haben ja manchmal drei Stunden gedauert.«

»Aber als ich zurück war, hatten wir plötzlich keinen Gesprächsstoff mehr.«

Mila schüttelt den Kopf. »Das war es nicht. Es lag nicht daran, dass wir uns nichts mehr zu erzählen hatten.«

»Was war es dann?«, fragt Simon.

»Ich glaube, dass wir einfach nicht gemerkt haben, dass wir uns entwickeln. Wir dachten, das geht auch mit Telefonaten und über Insta und das alles. Aber es geht nicht. Wir haben uns inszeniert, und weil es normal ist, dass man sich auf diesen Kanälen inszeniert, ist uns das nicht aufgefallen. Wir haben uns entwickelt und dachten, wir sind dabei. Aber wir waren nicht dabei. Wir haben nur zugeguckt. Und dabei nur das gesehen, was der andere auch zeigen wollte.«

»Ich muss gerade an meine alten Turnschuhe denken«, sagt Simon.

»Interessante Wendung«, kommentiert Mila.

»Also, die waren nicht alt. Die waren auch nicht abgetragen. Die waren superteuer, und deshalb habe ich sie nur angezogen, wenn ich wirklich was hermachen wollte. Für Amerika waren sie mir zu riskant, deshalb habe ich sie hiergelassen. Und als ich zurückkam, standen sie immer noch im Schrank, sahen noch genauso cool aus wie immer, aber …«

»… sie haben nicht mehr richtig gepasst«, vollendet Mila den Satz.

»Ganz genau.« Simon schweigt ein Weilchen, bevor er weiterredet. »Und was lernen wir jetzt daraus?«

»Ich habe ehrlich gesagt den Verdacht, dass es nicht immer was zu lernen gibt«, verrät Mila einen ketzerischen Gedanken, den sie bislang noch nie jemandem anvertraut hat.

Sie hört ein Vibrieren. Simon zieht sein Handy aus der Hose.

»Wow«, sagt er. »Papa hat gemerkt, dass ich nicht da bin. Ich muss mal wieder.«

Er steht auf, und sie hört, wie er sich den Dreck von der Jeans klopft.

»Ja, ich mach auch mal weiter«, erklärt Mila. »Also dann …«

Sie will eigentlich nicht weitersprechen. Schon gar nicht, um mit »Man sieht sich« oder was ähnlich Belanglosem diese Unterhaltung abzuschließen.

Simon übernimmt den schwierigen Part der richtigen Verabschiedung nach so einer sonderbaren Begegnung.

»Bist du noch ein paar Tage in der Gegend?«, fragt er. Sie weiß erst mal nicht, wie sie darauf antworten soll. »Die ganzen Semesterferien« wäre natürlich faktisch richtig, aber darum geht es hier doch nicht.

»Meinst du, Füße werden wieder kleiner?«, fragt sie stattdessen.

»Nein«, antwortet er dann. »Aber vielleicht passen Schuhe trotzdem wieder.«

Sie lächelt.

»Kannst es dir ja überlegen. Die Festnetznummer ist noch die gleiche. Mein Vater freut sich bestimmt, dir endlich mal wieder ein paar Weisheiten unter die Nase zu reiben.«

Er dreht sich um und geht los. Im Dunkeln wächst sein schattenhafter Arm zu einem Abschiedswinken in die Höhe.

Auch Mila setzt ihren Weg fort. Erst nachdem sie ein Weilchen gelaufen ist, merkt sie, dass sie summt.

Antje Leser

Liebe in Zeiten von Corona

Donnerstag, 11:13 Uhr

Ich checke die Umgebung und gehe noch etwas tiefer. Da liegt etwas. Genau zwischen den Schienen. Etwas, das da nicht hingehört. Regungslos. Ich spüre, wie sich die Härchen an meinen Armen aufstellen. Gebannt starre ich auf mein Smartphone. Es ist wie in einem Thriller. Man kann nicht wegsehen, obwohl man weiß, dass die Kamera jeden Moment das Schreckliche in Nahaufnahme zeigen wird.

Noch ein Stück näher! Eindeutig ein Tier. Eine Katze vielleicht. Oder ein Hund? Für eine Ratte ist es zu groß. Ich spähe über den Rand des Flight Controllers. Kein Zug weit und breit. Also gehe ich weiter runter.

Die Liveübertragung funktioniert super. Kein Ruckeln, keine Aussetzer. Das Bild ist gestochen scharf: eindeutig eine Katze. Getigert. Viel Weiß. Langes Fell. Hübsch, eigentlich. Aber leider auch ziemlich tot.

Ich umkreise das Tier, das merkwürdig verkrümmt daliegt. Verletzungen kann ich keine erkennen. Vermutlich ist es schnell gegangen. Ich schätze, der Lokführer hat es überhaupt nicht bemerkt. An dieser Stelle ist die Bahn noch ziemlich flott unterwegs. Wenn sie fährt. Eigentlich fahren doch aktuell überhaupt keine Züge …

Ob die Besitzer schon Bescheid wissen? Vielleicht dürfen sie gar nicht vor die Tür, um ihre Katze zu suchen. Vielleicht warten sie seit Tagen auf ihre Rückkehr. Wahrscheinlich ist sie die Einzige, die noch für ein bisschen Spaß zu Hause sorgt. Gesorgt hat, denn jetzt ist sie tot, und keiner kriegt es mit.

Ich frage mich, was mir in so einem Fall lieber wäre: Gewissheit – oder im Dunkeln tappen? Wer im Ungewissen bleibt, kann jeden Tag aufs Neue hoffen. Die Hoffnung stirbt zuletzt – auch so ein bescheuerter Satz. Nein, ich glaube, das mit der Ungewissheit würde mich irgendwann nerven. So wie jetzt. Seit Tagen warte ich auf das Ergebnis. Ich will endlich wissen, was Sache ist. Ob ich auch positiv bin. Wieso dauert das so lang?!

Ich reiße mich vom Anblick der toten Katze los und fliege weiter. Für einen kurzen Moment folge ich den Schienen, wobei ich darauf achte, dass ich den Oberleitungen nicht zu nahe komme. Am Park drehe ich ab, überfliege die Allee mit ihren leeren Bänken, den See und die Rasenfläche, wo wir im Sommer manchmal abhängen. Von hier oben sieht alles total friedlich aus. Keine Menschenseele weit und breit. Bis auf einen einsamen Jogger auf dem Kiesweg. Er bemerkt mich nicht. Vermutlich hat er seine Lieblingsplaylist auf dem Ohr. Oder den Drosten-Podcast mit den aktuellen Zahlen. Ich verfolge ihn eine Weile, dann schwenke ich nach Westen und fliege einen Bogen.

Gespenstische Leere an den Bushaltestellen. Kein Verkehr, keine Staus. Keine Menschenmassen in der Fußgängerzone. Ein Szenario wie in einem Hollywood-Katastrophenfilm: Gerade hat ein Killervirus die komplette Menschheit ausgelöscht. Nur ein paar Zombies kriechen durch die leeren Straßen auf der Suche nach etwas Essbarem. Ich stelle mir vor, dass ich einer von ihnen bin. Seit Monaten war ich nicht mehr draußen und jetzt ticke ich aus. Schlage alles kurz und klein. Am Ende springe ich vom Dach. Aber vorher esse ich noch meine gesamte Familie auf – meine Schwester als Erste. Klappe. The End.

Es klopft. Wenn man vom Teufel spricht!

Klara betritt mein Zimmer und steckt den Kopf durch die Dachluke, wo ich auf meinem Lieblingsplatz sitze – fünfzehn Meter Luft unterm Arsch. Normalerweise dürfen hier nur Schornsteinfeger hoch. Aber im Augenblick nicht mal die. Oder sind Schornsteinfeger systemrelevant?

»Internet geht nicht. Kannst du mal kommen?«

»Jetzt nicht«, gebe ich zurück, ohne den Blick vom Display zu heben.

»Bitte, Fynn!«

»Später.«

»Jetzt!«

»Klara, du nervst!«

»Darf ich auch mal?«

»Nein.« Ich konzentriere mich auf das Display und versuche, sie zu ignorieren. Vielleicht geht sie ja wieder. Doch Beharrlichkeit ist ihr zweiter Vorname.

Klara und ich sind Zwillinge, sogenannte zweizeitige Zwillinge. Zwischen meiner und ihrer Geburt liegen zweieinhalb Monate und knapp drei Kilo Lebendgewicht. Dass es so etwas überhaupt gibt, weiß kaum einer. Und in meinem Fall wäre es auch beinah schiefgegangen. Aber zum Glück habe ich dann doch noch die Kurve gekriegt. Wie auch immer. Jedenfalls machen Klara und ich seitdem unser eigenes Ding. Was natürlich nicht heißt, dass ich meine Schwester nicht mag. Im Gegenteil. Ich liebe Klara. Aber im Moment will ich einfach nur, dass sie verschwindet. »Hast du das Modem schon mal aus- und wieder angeschaltet?«

»Nee. Wieso?«

»Versuch es.«

»Aber …«

»VERSUCH! ES!«

»OKAY!«, faucht sie und geht, nicht ohne die Tür hinter sich zuzuknallen. Dann kommt sie noch mal zurück. »Die Ärztin hat sich gemeldet.«

Mein Herz setzt einen Schlag aus. Ich glaube, ich will es lieber doch nicht wissen. Nicht jetzt! »Und?«, frage ich trotzdem und bemühe mich um einen lässigen Ton.

»Ich bin positiv.«

»Scheiße!« Der Schreck brennt mir ein Loch in die Magenwand. »Musst du dich jetzt isolieren?«

»Eigentlich schon.«

»Oh Mann! Und ich?«

»Test war negativ. Ich kapier's zwar nicht, aber was nicht ist, kann ja noch werden.«

Mir ist ganz schlecht. Seit dem Lockdown im März sitzen wir hier herum. Keine Schule, keine Partys, kein öffentliches Leben. Als meine Mum vor gut einer Woche aus der Klinik kam, war mir schon klar, was Sache ist. Sie kommt sonst nie früher vom Dienst nach Hause. Aber ihr Chef hat sie heimgeschickt. Weil sie Symptome hatte. Kurz darauf kam das Testergebnis. Da hatte sie bereits leichtes Fieber und Husten, konnte nichts mehr riechen und nichts mehr schmecken. Natürlich mussten wir uns alle testen lassen. Die Ärztin kam extra zu uns nach Hause, weil wir nicht raus durften. Und jetzt haben wir es schwarz auf weiß.

»Merkst du was?«

Klara schüttelt den Kopf. »Bis jetzt nicht«, sagt sie. Und nach einer kurzen Pause: »Was ist jetzt mit Internet?«

»Gleich«, brumme ich und sehe nicht auf. Ich weiß, dass ich mich darum kümmern sollte. Schon allein, damit Klara auf andere Gedanken kommt. Aber ich will noch nicht aufhören. Eine Weile steht sie unschlüssig an meiner Dachluke. Schließlich wendet sie sich ab und verschwindet.

Freitag, 13:04 Uhr

Ich hätte nie gedacht, dass ich mal die Schule vermissen könnte. Diesen geregelten Tagesablauf mit Frühaufstehen und so. Zusammen mit den anderen in einem Klassenraum sitzen, lachen, lästern, gemeinsam abhängen. Sich nachmittags in den Sport-AGs verausgaben oder auch mal in einer Lerngruppe treffen. Das Ganze macht nicht immer Spaß, aber irgendwie Sinn, und es fehlt mir. Jetzt, hier im Homeschooling, frage ich mich, was das alles soll. Der Kontakt mit den Lehrern klappt nicht wirklich, und kein Hahn kräht danach, ob ich morgens schon auf Netflix unterwegs bin oder zocke. Ich habe das Gefühl, so langsam, aber sicher zu verblöden. Später wird man dann vermutlich von der Generation Corona reden und einen Bogen um uns machen. Weil wir zu dumm sind. Wenigstens komme ich noch mit dem Kopter an die frische Luft!

Ich fliege eine Schleife über unser Dach und betrachte mich von oben. Nein, immerhin bin ich noch nicht fett – trotz der

Kesselchips, die Klara und ich in rauen Mengen verdrücken. Eher im Gegenteil: ein schlaksiger Typ in T-Shirt und Jeans mit nackten Füßen und verwuschelten Haaren. Nichts Besonderes. Aber auch nicht superhässlich. Vor allem, seit ich die nerdige Brille gegen Kontaktlinsen getauscht habe.

Ich schicke den Kopter zum Marktplatz und gehe dort runter. Mit schlechtem Gewissen, weil ich ihn jetzt aus dem Blick verliere. Das ist verboten. Ich muss die Drohne jederzeit sehen und kontrollieren können. Dafür gibt es sogar ein Gesetz. Aber wer will das überprüfen? Schließlich sind gerade alle im Homeoffice. Oder auf Intensiv. Die Stadt gehört den Tauben. Mit ruckenden Köpfen staksen sie über das Kopfsteinpflaster und wundern sich, dass keine Pommes mehr rumliegen. Oder Eiswaffeln. Ich habe gelesen, dass deshalb gerade ein massives Taubensterben im Gange ist. Keine Ahnung, ob da was dran ist. Die hier sehen jedenfalls noch ganz lebendig aus. Das Geräusch meines Kopters hat sie aufgeschreckt. Verdammt! Ein ganzer Schwarm erhebt sich flatternd vor dem Auge meiner Kamera. Überall heftiges Flügelschlagen. Ich sehe Federn, Klauen, Schnäbel aus nächster Nähe. Ich versuche, den Kopter so ruhig wie möglich zu halten, um damit einer Kollision zu entgehen. Wenn das Teil jetzt abstürzt, darf ich nicht einmal raus, um es mir zurückzuholen! Verzweifelt umklammere ich die Fernsteuerung und zwinge mich zur Ruhe. Mit den Daumen bewege ich die Steuerknüppel ganz vorsichtig, erst nach oben, dann nach rechts. Der Kopter bockt, macht einen Schlenker, schlingert, dann stabilisiert er sich wieder und steht endlich ruhig in der Luft. Der Schwarm dreht ab und verschwindet hinter den Türmen der Kirche. Mann, Mann, Mann …

Ich werfe einen Blick auf die Uhr. Um diese Zeit würde ich mich genau hier unten mit den anderen treffen. Wir hätten Plakate dabei und würden eine Menge Krach machen. Damit die Politiker endlich aufwachen und der Wissenschaft Gehör schenken. »*Wir sind hier, wir sind laut, weil ihr uns die Zukunft klaut!*«, würden wir brüllen. Und: Manche würden sich uns anschließen, andere nur blöd glotzen, und einige würden uns vorwerfen, dass wir doch alle bloß Schulschwänzer wären. Schließlich sei Bildung wichtig für unsere Zukunft. Als ob wir davon noch etwas hätten, wenn das mit dem Klimawandel so weitergeht! Jeden Freitag machen wir mobil, trotz des Ärgers in der Schule und dem Zoff zu Hause. Weil endlich etwas passieren muss. Seit einem Jahr bin ich nun schon dabei. Anfangs war ich der einzige Junge, weshalb sie mich ihren Quotenmann nannten. Für mich kein Problem. Im Gegenteil: Ich habe festgestellt, dass ich mich unter den ganzen Power-Frauen viel wohler fühle als in meiner Klasse, wo es ständig darum geht, welches Mädel die tollsten Titten und den geilsten Hintern hat. Wen juckt's?

Jedenfalls muss ich irgendwann wohl die Aufmerksamkeit von Mira erregt haben. Sie ist eine von denen, die vor nichts Angst haben. Eine, die sich locker mal hinters Mikro klemmt, um eine Rede zum Klimaschutz rauszuhauen. Wir verstanden uns auf Anhieb, trafen uns immer öfter, gingen zusammen ins Kino oder zu den Open Airs. Die Art, wie sie mir zuhörte, mit zur Seite geneigtem Kopf, gefiel mir. Es war, als würde sie den Worten nachlauschen, die ich gerade gesagt hatte. Ich mochte, wie sie sich kleidete, immer eine Spur zu schräg, mit ihren kurzen Röcken, den schweren Stiefeln und der Motorradjacke aus flaschengrünem Leder. Ich zog den Hut vor ihrem Selbstbewusstsein, ihrem Mut. Ihrer Fähigkeit, Dinge auf den Punkt zu bringen.

Aber ich hätte nie erwartet, dass sich da mehr entwickeln könnte. Dass sie mich plötzlich auf *diese* Art mögen würde. Doch dann, bei unserem letzten Treffen, kurz bevor die ganze Scheiße hier begann, zog sie mich hinter die Tribüne, und wir knutschten. Ganz ehrlich? Ich war vollkommen überrumpelt. Es war Ende Januar und schweinekalt und ihre Lippen waren schon leicht blau. Ich weiß noch, dass mir das auffiel, bevor sie mir ihre Zunge in den Mund schob. Sie schmeckte nach dem Chai Latte, den sie immer dabeihatte. Nein, nicht in einem Wegwerf-Becher, falls das jemanden interessiert. Mira hat stets ihren eigenen Thermo-Becher dabei. Immer politisch korrekt.

Jedenfalls war das alles ziemlich verwirrend für mich, und ich dachte: Was wird das hier eigentlich? Was will Mira von mir? Und noch viel wichtiger: Will ich was von ihr?

In den Wochen danach habe ich versucht, das herauszufinden. Sie war ein paarmal bei mir zu Hause und wir machten rum. Es war aufregend, keine Frage. Aber irgendwie war es auch wieder nicht aufregend genug. Keine Ahnung, vielleicht lag es an mir.

Und dann kam der Lockdown und die Welt erstarrte. Nicht nur unsere Aktionen, auch meine Gefühle für Mira. Ich hatte keine Lust, ihr auf WhatsApp Herzchen und Smileys zu senden. Es fühlte sich falsch an.

Ich werfe einen Blick auf die Akkuleistung meines Kopters. Was? Schon wieder zwanzig Minuten verstrichen? Ich muss langsam Schluss machen, sonst geht das Teil womöglich noch an Ort und Stelle runter. Ich fliege eine Schleife über den grauen Wohnblock gegenüber und frage mich zum x-ten Mal, wieso man die

Flachdächer in den Städten nicht begrünt. Was für eine Platzverschwendung! Wie einfach wäre es, hier ein Stück Natur zurückzugewinnen. Jedes Dach könnte ein eigener kleiner Kosmos sein. Stattdessen überall Kies und grauer Beton, der sich im Sommer aufheizt, sodass man es in der Stadt kaum noch aushält. Und dann fangen alle an zu jammern, bis in ihren Büros endlich Klimaanlagen installiert werden. Dabei belasten die Dinger das Klima gleich doppelt. Das ist doch bescheuert! Stattdessen könnte man die Häuser ziemlich easy gegen Hitze isolieren. Indem man Dächer und Fassaden begrünt, zum Beispiel. Außerdem würde man damit jede Menge Feinstaub und Kohlendioxid binden. Es gäbe neuen Lebensraum für Insekten und Vögel. Aber nein –

Sekunde. Wer ist das?

Ich bin immer noch über dem Wohnblock gegenüber. Ein typischer Plattenbau mit Flachdach. Gerade hat sich die Tür zum Treppenhaus geöffnet. Ein Typ erscheint. Er trägt eine schlabbrige Jogginghose, ein schwarzes Tanktop, das für diese Jahreszeit eindeutig zu kalt ist, und eine Mütze, die er tief ins Gesicht gezogen hat. Mit geschmeidigen Bewegungen läuft er zu einem Gartentisch, den irgendjemand zusammen mit einem Grill und zwei Plastikstühlen hier hochgeschafft hat. Dort legt er etwas ab, ein zylinderförmiges Ding, könnte eine Lautsprecherbox sein. Er zieht ein Handy aus seiner Tasche und tippt und wischt darauf herum. Jetzt kehrt er dem Tisch den Rücken.

Ich gehe noch ein Stück tiefer, verfolge den Kerl, der ein paar Schritte Richtung Dachmitte läuft und dann stehen bleibt. Er lässt den Kopf kreisen, lockert die Schultern, macht ein bisschen Stretching. Ich denke: Was zum Geier wird das hier? Da legt er auch schon los. Mit weit ausholenden Schritten gleitet er über das Dach, dreht sich um die eigene Achse, sinkt zu Boden, federt hoch, wirft die Arme in die Luft, tänzelt, springt ab, macht einen Salto in der Luft – und ich denke: Alter! Der bricht sich gleich den Hals! Doch im selben Augenblick kommt er federnd auf dem Boden auf, kugelt rückwärts, geht in die Brücke, schraubt sich nach oben und jagt in die andere Richtung davon. Kurz vor der Brüstung lässt er sich auslaufen, stoppt und kehrt zum Tisch zurück.

Ich schlucke trocken. Nicht dass ich mich für Ballett oder Modern Dance oder so interessiere, aber das eben war der Hammer! Schade, dass ich den Song nicht hören konnte. Mein Kopter hat kein eingebautes Mikro. Aber vermutlich würde ich ohnehin nur das Knattern der Rotoren hören.

Jetzt fummelt der Typ erneut am Handy herum. Legt es ab und startet von Neuem. Es ist dieselbe Sequenz. Ich erkenne sie an den Sprüngen und dem krassen Stopp kurz vor der Brüstung. Doch diesmal macht er weiter. Seine Bewegungen wirken so leicht, so elegant, nahezu mühelos. Gleichzeitig kraftvoll und irgendwie – aufregend. Ja, tatsächlich. Bei jedem Sprung zieht sich mein Magen zusammen. Ich halte die Luft an und spüre, wie sich mein Puls beschleunigt, während ich ihm über das Dach folge.

Schließlich wirft er den Kopf in den Nacken – und entdeckt mich. Vor Überraschung weiten sich seine Augen und mir fällt fast der Flight Controller aus der Hand. Einen Moment fühlt es sich so an, als würde er direkt in mich hineinsehen. Natürlich ist das Blödsinn. Der Typ sieht lediglich meinen Kopter. Trotzdem kriege ich den Schock meines Lebens.

Nichts wie weg hier!, denke ich und aktiviere die Return-tohome-Funktion. Die Drohne dreht ab und macht sich auf den Heimweg. Ich sehe nicht hin. Ich weiß, dass sie den Weg alleine findet. Meine Augen kleben an dem Tänzer. Der sieht immer noch in den Himmel. Folgt der Flugbahn des Kopters, läuft bis zum Dachrand, bleibt stehen, starrt dem Teil hinterher – und entdeckt mich auf meinem Stammplatz.

Mein Herz hämmert wild gegen meine Brust. Ungeduldig warte ich, bis die Drohne neben mir landet. Der Typ steht immer noch da. Ich spüre es mehr, als dass ich es sehe. Schnell schnappe ich mir die Drohne und verlasse fluchtartig das Dach. Dabei spüre ich, wie mich sein Blick förmlich durchbohrt. Noch Stunden später brennt die Stelle zwischen meinen Schulterblättern.

Montag, 13:02 Uhr

Ist heute Montag, Donnerstag oder Samstag? Ich habe vollkommen die Orientierung verloren. Jeder Tag ist gleich. Ich liege im Bett und kann mich zu nichts aufraffen. Die Hausaufgaben werden nicht weniger. Die Auswahl bei Netflix dafür schon. Jetzt müssen wir auch noch ein Tagebuch schreiben. Ich frage mich, für wen. Für die Nachwelt vielleicht? Für meine Enkel? Wo sollen die herkommen, wenn wir alle an Covid-19 sterben? Oder am Klimawandel. Oder noch besser: an beidem. Was soll ich überhaupt schreiben? Dass ich total glücklich bin, weil ich gerade weniger Emissionen erzeuge? Tue ich das überhaupt? Vorhin habe ich eine gefühlte halbe Stunde heiß geduscht, bloß um irgendwas zu tun.

Wehmütig schaue ich aus dem Dachfenster. Draußen scheint die Sonne. Das ist überhaupt das Schlimmste: nicht rauszudürfen. Nicht einmal für einen Spaziergang. Wir haben absolutes Kontaktverbot. Theoretisch dürften wir nicht einmal ins Treppenhaus, um den Müll runterzutragen. Laut Behörde sollen wir ihn fest verschlossen in der Wohnung lagern, bis die Zeit der Quarantäne vorbei ist. Ich frage mich, wer sich an so eine Vorgabe hält. Ist doch total eklig! Und besonders absurd: Vorher haben Klara und ich uns immer darum gestritten, wer den Müll rausbringen muss. Jetzt reißen wir uns förmlich darum. Wir haben beschlossen, dass wir ihn heimlich nachts rausbringen. Dann ist im Haus nichts mehr los, und es fühlt sich fast konspirativ an, wenn man die fünf Stockwerke im Dunkeln nach unten schleicht, den Müllsack fest in der Hand, immer darauf bedacht, niemandem zu begegnen.

Apropos begegnen: Ob der Tänzer wieder da ist? Ich sehe auf mein Handy. Um diese Zeit ist er am Freitag aufgetaucht. Seitdem geht er mir nicht mehr aus dem Kopf. Unglaublich, wie man sich so bewegen kann. Ich meine, ich bin nicht unsportlich. Ich schwimme und ich fahre Snowboard. Ich tanze auch mal auf einer Party oder im Club. Aber natürlich nicht so. Bei ihm war es, als würden die Gesetze der Schwerkraft eine Ausnahme machen.

Ich werfe einen Blick aus der Dachluke. Nein, auf dem Plattenbau gegenüber ist nichts los. Mit leisem Bedauern schließe ich das Fenster wieder. Heute leider keine Vorstellung. Stattdessen erhalte ich Herzchen von Mira und ein Hey, was treibst du so?. Ich klicke ihre Frage weg und schmeiße mein Handy aufs Bett.

Dienstag, 13:33 Uhr

Er ist wieder da! Gerade ist er auf dem Nachbardach aufgetaucht. Diesmal mit Hut. Ich werde vollkommen kirre. Hektisch ziehe ich die graue Box aus meinem Regal und öffne den Zipper. Auf den ersten Blick wirkt die Minidrohne vollkommen unscheinbar. In eingeklapptem Zustand ist der Flugkörper nicht viel größer als meine Hand und so leicht, dass ich weder einen Flugschein noch eine Kennzeichnung brauche. Darauf hatte ich beim Kauf extra geachtet. Mit zitternden Fingern klappe ich die vier Rotorarme aus und überprüfe die Flügel. Dann stecke ich mein Smartphone in den Controller und starte die App. Akkulaufzeit dreißig Minuten, Signalstärke optimal. Alles bestens. Ich schicke die Drohne in den Himmel und klettere aus der Dachluke. Während ich es mir auf meinem Stammplatz bequem mache, steht der Kopter ruhig über mir und wartet auf meine Befehle. Ich lasse ihn weiter aufsteigen und fliege Richtung Plattenbau. Diesmal halte ich eine entsprechende Flughöhe ein. Ich will nicht, dass der Tänzer mich gleich bemerkt. Doch er ist so konzentriert bei der Sache, dass er gar nicht aufblickt.

Wie alt er wohl ist? Von hier oben ist das schwer zu sagen. Vielleicht ist er Profitänzer und das Dach der einzige Ort, wo er im Augenblick üben kann. Die Tanzstudios sind vermutlich alle dicht. Auch die Theater oder Clubs oder wo auch immer er sonst so unterwegs ist.

Ich könnte ihn filmen! Auf meiner Speicherkarte ist noch total viel Platz, warum also nicht? Dann kann ich mir das Ganze später noch mal in aller Ruhe ansehen. Vielleicht sogar Musik drunterlegen. Einen Versuch ist es wert!

Ich wechsle in den Movie Mode, damit die Kamerabewegungen nicht ganz so heftig ausfallen. Bei der unglaublichen Dynamik des Tänzers ist das sicher eine gute Idee. Zunächst nehme ich den Plattenbau ins Visier und lasse die Drohne an der Hauswand aufsteigen, Stockwerk um Stockwerk graue Fassade und bröckelnder Putz. Einfach trostlos und damit ein toller Kontrast, denn als ich die Dachkante erreiche und über das Hausdach schwebe, kriege ich das volle Panorama der Stadt inklusive Fernsehturm und Wolkenspiel vor die Linse. Ich bin begeistert: Bereits auf dem Smartphone wirkt das Ganze mega, und ich bin gespannt, wie das später auf meinem Bildschirm rüberkommt.

Ich lasse den Kopter eine Schleife fliegen und zoome den Tänzer heran, verfolge ihn, fliege rückwärts vor ihm her, nehme jeden seiner Sprünge ins Visier. Ich halte das Pumpen seines Brustkorbs fest, das Spiel seiner Muskeln, die angespannten Sehnen an Hals und Armen. Jetzt entferne ich mich rückwärts im Steilflug, umkreise ihn, gehe spiralförmig wieder runter und zoome ihn ganz nah heran. Sein Atem geht schwer. Schweiß glänzt im Ausschnitt seines Shirts.

Wieso hast du aufgehört? Tanz weiter, Mann!

Die Erkenntnis durchzuckt mich eine Zehntelsekunde später: Er hat den Kopter bemerkt. Schon wieder!

Was denkt er jetzt von mir? Dass ich ein verdammter Stalker bin? Ein Perverser womöglich? Oh Gott, ist mir das peinlich!

Ich schraube den Kopter in die Höhe und sehe, wie er die Arme ausbreitet in einer Geste, die wohl so viel wie *Alter, was willst du eigentlich?* bedeutet. Dann wendet er sich ab und versucht, mich auf meinem Dach auszumachen. Als er mich entdeckt, hebt er die Hand.

Soll das ein Winken sein? Grüßt er mich etwa? Soll ich zurückwinken? Ich bin total verwirrt. Dieser Typ ist mir ein Rätsel. Jeder normale Mensch wäre vermutlich verärgert, wenn man mit einer Drohne in seine Privatsphäre eindringt. Aber er winkt mir zu – ich habe es eindeutig gesehen.

Unbeholfen hebe ich den Flight Controller, was wohl kaum als Winken durchgeht. Er dreht sich um und läuft zum Tisch. Bestimmt sammelt er jetzt sein Zeug ein und geht.

Ich hab's verkackt!

Nein! Er macht tatsächlich weiter. Unter meinem Kopter, als würde der zu seiner Performance gehören. Fast habe ich den Eindruck, dass meine Drohne seinen Ehrgeiz anstachelt. Dass es ihm gefällt, dass ihn jemand beobachtet.

Einen Augenblick hänge ich unschlüssig in der Luft. Doch dann mache auch ich weiter. Ich setze sogar noch einen drauf. Gebe schließlich alles. Verfolge ihn, ziehe Kreise, zoome heran, entferne mich, schwenke seitwärts, pendle vor und zurück. Wie krass!, denke ich. Ich tanze! Mit einem fremden Jungen auf dem Dach eines Plattenbaus. Mitten in Berlin. Während des Lockdowns.

Immer noch Dienstag, 19:05 Uhr

Ich sehe mir das Material auf meinem Computer an. Es ist erstaunlich gut geworden. Die Drohne hat ein Drei-Achsen-Gimbal an Bord, wodurch das Bild entsprechend ruhig ist, obwohl ich so viele Schwenks machen musste. Als ich den Tänzer im Profil habe, stoppe ich den Stream und zoome sein Gesicht heran. Er sieht total nett aus mit diesem Grübchen im Kinn, den dunklen Augen und den unverschämt langen Wimpern. Wahrscheinlich ist er kaum älter als ich. Aber auf meiner Schule ist er nicht. Definitiv. Er wäre mir aufgefallen.

Ich lasse den Film in Zeitlupe weiterlaufen, verfolge jede seiner Bewegungen in Slow Motion. Besonders muskulös wirkt er nicht, aber es ist auch kein Speck an ihm. Seine Hüften sind schmal , der Bund seiner Jogginghose sitzt tief. Ein Stück nackte Haut ist zu sehen. Meine Augen saugen sich daran fest.

»Wer ist das?«

Ich fahre herum. Klara steht in meiner Tür und schaut neugierig auf meinen Bildschirm. Schnell klicke ich das Bild weg. »Mann, Klara! Kannst du nicht anklopfen?! Du sollst dich doch von uns fernhalten!«

»Du bist mit Kochen dran!«, behauptet sie und ignoriert meinen Einwand. »Was machst du da eigentlich?«

»Hausaufgaben«, lüge ich und klappe den Laptop zu. Mein kleines Geheimnis geht Klara nichts an. »Was soll ich kochen?«

»Spaghetti!«

»Ich denke, Spaghetti sind aus?« Seit wir in Quarantäne leben, kaufen unsere Nachbarn für uns ein. Doch beim letzten Mal gab es weder Nudeln noch Klopapier. Ich bin mir nicht sicher, was von beidem ich schmerzlicher vermisse.

»Micha und Gabi haben welche mitgebracht. Und Hackfleisch«, sagt sie und sieht mich dabei herausfordernd an. Sie weiß nur zu gut, dass ich seit zwei Jahren kein Fleisch mehr esse. Am liebsten möchte ich mich vegan ernähren, denn damit würde ich jährlich rund zwei Tonnen Treibhausgase einsparen. Stand neulich im Spiegel. Aber das kriege ich in meiner Familie nicht durchgesetzt. »Wenn du Spaghetti mit totem Tier willst, musst du selber kochen«, gebe ich genervt zurück. »Bei mir gibt's Pasta mit Gemüse. Und jetzt raus mit dir!«

Klara grummelt noch irgendetwas, das sich anhört wie »Typen wie du essen meinem Essen das Essen weg«, dann verzieht sie sich wieder in ihr Zimmer. Kurz darauf dringen die ersten schiefen Töne an mein Ohr. Meine Schwester hat ihre Querflöte ausgepackt. Seit Jahren hat sie nicht mehr gespielt. Aber jetzt, da wir alle aufeinanderhocken und uns gegenseitig auf die Nerven gehen, muss sie wieder damit anfangen. Ich seufze ergeben, stopfe mir Kopfhörer in die Ohren und klicke auf meine Lieblingsplaylist. Einfach nicht provozieren lassen!

Wie wohl das Stück heißt, auf das er da tanzt? Die Songs von meiner Playlist passen nämlich nicht zu seiner – wie nennt man das doch gleich? Diese komplizierte Schrittfolge beim Tanzen? – Choreografie. Genau. Das ist das Wort. Am liebsten würde ich ihn danach fragen. Doch selbst wenn ich nicht in Quarantäne wäre, hätte ich kaum die Möglichkeit, ihn anzusprechen, ohne ihn vor seiner Haustür abzupassen. Und das wäre mir wirklich zu peinlich. Trotzdem würde ich zu gerne wissen, was ihn antreibt. Warum er regelmäßig hier aufkreuzt und mit einer Begeisterung loslegt, dass mir jedes Mal die Luft wegbleibt.

Donnerstag, 11:26 Uhr

Seit meine Mum krank ist, checken wir jeden Morgen unsere Temperatur. Wer die höchste hat, wird zum Loser des Tages gekürt. Heute ist es Klara. Ihre Temperatur liegt bei 38,2. Zudem ist sie heute extrem zickig. »Raus aus meinem Zimmer«, faucht sie, als ich ihr gratuliere. »Und mach die Tür hinter dir zu!«

Ich gehe. Wenn Klara schlecht gelaunt ist, muss man sie in Ruhe lassen. So lange, bis sie von alleine wiederauftaucht. Das Einzige, womit man sie eventuell aus ihrem Tief holen kann, ist weiße Schokolade. Ich schreibe Micha und Gabi eine Nachricht auf WhatsApp und sage, dass es sich um einen Notfall handelt. Als der Korb später vor unserer Tür steht, ist tatsächlich eine Tafel White Chocolate dabei.

Ich klopfe an Klaras Tür.

»Hau ab!«, höre ich sie von drinnen. Ich öffne die Tür einen Spalt und wedle ein bisschen mit der Schokolade herum. Keine Antwort. Ich werfe einen vorsichtigen Blick in ihr Zimmer. Klara liegt im Bett. Ich sehe gleich, dass sie geheult hat. Ihre Augen sind rot und verquollen.

»Hey«, flüstere ich und stoße die Tür auf, bleibe jedoch auf Abstand. »Was macht der Hüttenkoller?« Vorsichtig lasse ich die Schokolade ans Fußende ihres Betts fallen und ziehe mich wieder zurück.

»Er ist riesig.«

»Ich weiß. Bei mir auch.«

»Ich hasse es!«, bricht es aus ihr hervor. »Dieses Scheißvirus! Das macht gerade mein Leben kaputt!«

»Ich weiß.«

»Sag nicht immer ›*ich weiß*‹!«, fährt sie mich an, und ich spüre, wie sich ihre Wut nun gegen mich richtet. Ich habe noch genau zwei Möglichkeiten: sofortigen Rückzug oder …

»Sollen wir zocken?«, schlage ich vor. »Jeder in seinem Zimmer?«

Meine Schwester zögert. Atmet tief durch. Sieht endlich auf. »Okay«, sagt sie und schenkt mir ein zaghaftes Lächeln. »Ich logge mich ein.«

Samstag, 13:07 Uhr

Mittlerweile habe ich mir den Stream gefühlt tausend Mal angeschaut. Ich kenne jeden seiner Moves, weiß genau, wann er was macht. Bloß dass das Video stumm ist, triggert mich. Ich bin mir sicher, der Tanz ist genau auf die Breaks im Musikstück abgestimmt. Aber ich komme einfach nicht auf den Song, der passen könnte.

Als er das nächste Mal auftaucht, habe ich eine Idee. Ich mache den Kopter startklar und schiebe Akku und SD-Karte in die Slots. Jetzt brauche ich nur noch ein Stück Papier. Einen Zettel, irgendetwas, das auffällt.

In der Küche finde ich einen pinkfarbenen Post-it-Zettel. Meinetwegen! Ich notiere meine Handynummer und betrachte das Ganze. Irgendwie wirkt der Zettel merkwürdig leer und unpersönlich. Vielleicht sollte ich meinen Namen dazuschreiben? Versuchsweise tue ich es. Aber es fühlt sich nicht richtig an. Also zerknülle ich den Zettel und nehme einen neuen. Vielleicht so etwas wie »call me«? Ich setze es unter die Handynummer und betrachte den Zettel. Himmel, nein! Das geht gar nicht! Auch wenn er mich von Weitem gesehen hat und weiß, dass ich kein schmieriger alter Sack bin. Energisch streiche ich die beiden Wörter durch und zerknülle den Zettel. Aber »Hallo, hast du Lust zu chatten?« ist zu lang – und auch irgendwie schräg. Beim fünften Zettel gebe ich auf. Handynummer muss reichen. Der Typ ist ja nicht blöd, und wenn er Lust hat, mit mir zu quatschen, wird er sich schon melden.

Mit Klebeband hefte ich das Papier auf den Rückenpanzer des Kopters. Auf die Art ist der Zettel schon von Weitem gut zu sehen. Dann starte ich die Drohne und nehme meine Position auf dem Dach ein. Meine Hände zittern. Ich habe etwas Mühe beim Manövrieren. Dabei würde ich mir gerne einreden, dass ich Seitenwind habe. Doch meine App bescheinigt mir Windstille. Wieso bin ich eigentlich so nervös?

Ich schicke den Kopter zum Plattenbau und lasse ihn über dem Tänzer kreisen. Er bemerkt mich nicht. Ich zoome ihn heran, nehme ihn von der Seite ins Bild, fliege rückwärts vor ihm her. Als ich sicher bin, dass er mich gesehen hat, lande ich auf dem Gartentisch. Langsam lasse ich den Flight Controller sinken und sehe zu ihm hinüber.

Er hat seinen Tanz unterbrochen und läuft zum Tisch, wo er vor der Drohne stehen bleibt. Jetzt dreht er sich um und sieht zu mir herüber. Ich winke ihm zu. Er wendet sich ab. Ich sehe nicht genau, was er macht, aber ich hoffe, dass er den Zettel bemerkt. Kurz darauf gibt er mir ein Zeichen.

Ich aktiviere die Rückholfunktion und der Kopter macht sich auf den Heimweg. Als er bei mir eintrifft, checke ich das Gehäuse. Der Zettel ist weg. Auf eine Message warte ich an diesem Nachmittag jedoch vergebens.

Entmutigt, weil das mit dem Zettel wohl doch keine so gute Idee war, verschanze ich mich in meinem Zimmer. Ich erledige ein paar sinnlose Hausaufgaben für eine Schule, die nicht mehr stattfindet, und wechsle schließlich auf YouTube, weil ich keine Lust habe, alte, verstaubte Theaterstücke von alten, verstaubten Autoren zu lesen. Bei »Simpleclub« werde ich fündig. Innerhalb von acht Minuten bekomme ich eine unterhaltsame Zusammenfassung des Stücks und gleich noch ein paar Hintergrundinfos gratis dazu. Ich finde, so muss Unterricht sein. Kurz und knackig. Ich schreibe ein paar Zeilen und lade alles in die Schul-Cloud hoch. Damit habe ich meine Schuldigkeit getan und kann mich getrost bei Netflix einloggen. Tschüss, Realität!

Sonntag, 01:47 Uhr

Ich fahre aus dem Schlaf, weil mein Handy vibriert. Der Bildschirm flackert auf. Schlaftrunken greife ich nach dem Gerät und kneife die Augen zu. Das Display blendet und ich kann zunächst rein gar nichts erkennen. Dann setzt mein Herz einen Schlag aus. Jemand, den ich nicht kenne, möchte mir auf WhatsApp eine Nachricht senden. Ich akzeptiere.

hi, ufo, tickets für meine show
gibt's jetzt auch auf WhatsApp!

Ich bekomme fast einen Herzkasper. Das muss der Tänzer sein! Wer sonst würde mich Ufo nennen?

Mit zitternden Fingern tippe ich eine Antwort. Lösche sie, überlege, tippe noch mal. Lösche wieder. Komm schon, Fynn, etwas Schlagfertiges! Der Typ hat Humor. Zeig ihm, dass du das auch hast!

Cool! Und Autogramme?
Auch über WhatsApp?

lol
nur wenn du nicht vom mossad bist.

Keine Sorge. Also krieg ich eins?

klar. aber du musst es persönlich bei mir abholen.

Sorry, darf nicht raus.
Bin in »Corontäne«.

Ungeduldig starre ich auf das Display. Die Pause zieht sich. Mittlerweile bin ich hellwach. Endlich sehe ich, dass er etwas schreibt.

f*!!!
schlimm?

Nee, bis jetzt keine Symptome.
Test ist negativ. Meine Mum hat's erwischt. Meine Schwester auch.

that sucks …

Yep. :(
Hey, du tanzt voll gut!

Danke!!! aber für die aufnahmeprüfung reicht's noch nicht.

Was 'n für 'ne Aufnahmeprüfung?

berliner tanzakademie.

Das sagt mir gar nichts. Also frage ich Google und stoße auf die Universität der Künste hier in Berlin. Dort kann man Musical und Show studieren. Da will er also hin. Aber die Aufnahmeprüfung klingt happig.

Voll krass! Kommt man da als Normalsterblicher rein?

bin kein normalsterblicher!!!

;-)
Verstehe …

und du stalkst also deine nachbarschaft?

Nur die interessanten Fälle

;-)

Ich hab dich gefilmt. Heute.
Und neulich auch.

hallo?? jetzt echt?!

Oh Gott, wieso habe ich das geschrieben? Jetzt ist er bestimmt stinksauer auf mich. Und ich könnte ihn sogar verstehen. Immerhin kennt er mich ja nicht, und vielleicht denkt er, ich würde das gleich in die sozialen Netzwerke stellen. Oder mir zu Hause einen runterholen, während ich das Filmmaterial sichte. Schnell, Fynn, lass dir was einfallen!

Ich kann's löschen, wenn du willst.

auf keinen fall! her damit!

Puh! Er ist nicht sauer auf mich. Erleichtert atme ich aus und werde mir jetzt erst bewusst, dass ich die ganze Zeit die Luft angehalten habe.

Ich bin aber bloß Amateur-Filmer.

quatsch nicht. lass rüberwachsen!

Und es ist keine Musik dabei.

Ich erhalte einen Link und rufe ihn auf. Es ist ein Medley von Michael Jackson. Nicht unbedingt meine Musik. Aber ich erkenne einige Moves wieder. Der Typ ist wirklich genial!

kannst du das verwenden?

Glaub schon. Muss ich zuschneiden.

OMG BITTE!!!

Kein Ding. … Wie heißt du eigentlich?

Seine Antwort lässt auf sich warten. Ob ich ihm erst meinen Namen nennen soll? Ich meine, bevor der Chat einschläft?

Ich heiße Fynn. Und du?

nenn mich dancer.

Das ist jetzt nicht wahr! Dancer?! Wie cringy ist das denn?! Aber war ja klar, dass er mir nicht seinen richtigen Namen verrät. Er hält mich doch für einen Stalker.

DANCER, soso.

;-)
also, machst du?

Gegen das Autogramm mit deinem Namen.

ich denk drüber nach. muss jetzt pennen. gute nacht, fynn, das ufo!

Gute Nacht, Dancer.

Montag, 14:54 Uhr

Den kompletten nächsten Vormittag verbringe ich mit dem Schneiden des Videos. Ich verpasse eine Zoom-Konferenz in Mathe und eine weitere in Physik und kassiere einen Anschiss von Klara, weil ich mein Frühstück nicht weggeräumt habe. Als dann auch noch Mira anruft und vorschlägt, dass wir unsere Demoschilder in Läden, Cafés und auf Plätzen sichtbar für alle anbringen, damit wir den Leuten trotz Coronakrise im Gedächtnis bleiben, wimmle ich sie ab. »Sorry, Mira, aber meine Mum und meine Schwester haben Corona. Wir sind alle in Quarantäne.«

Sie wirkt betroffen. »Oh Mann, das tut mir leid! Heißt das, ihr dürft nicht vor die Tür? Du auch nicht?«

»Nee, ich natürlich auch nicht. Ist ja der gleiche Haushalt.«

»Verstehe. Da muss dir ja die Decke auf den Kopf fallen!« Sie zögert kurz. »Vielleicht hast du Lust, bei unserem Online-Demo-Programm mitzumachen? Wir haben schon einige Promis mobilisiert, die sich für unsere Sache im Netz starkmachen wollen.«

»Ehrlich gesagt …«

»Und wir bräuchten noch eine Ortsgruppe von deinem Kiez.«

»Mira …«

»Du könntest auch Online-Interviews machen?«

»Du, ähm, im Augenblick nicht. Aber … Also, ich melde mich bei dir, okay? Ich muss jetzt Schluss machen. Mach's gut.« Ich drücke sie weg, bevor sie noch etwas sagen kann. Ich weiß, es ist nicht in Ordnung. Ich hätte schon Zeit, mich für die Bewegung einzusetzen. Aber Dancers Video hat einfach Vorrang. Ich will, dass es perfekt wird.

Nach drei Stunden bin ich endlich fertig. Ich lade den Stream hoch und schicke Dancer einen Link. Lange muss ich nicht auf seine Reaktion warten. Es ist eine Sprachnachricht, und ich höre, dass er komplett von der Rolle ist. Seine Stimme überschlägt sich fast vor Begeisterung: »Oh my god! Fynn, das Ufo! Was du da gedreht hast. Das ist so awesome! Ich meine, boa, wie geil – hier mit dem Panorama-Shot! Echt MEGA! Also wenn ich das als Showreel für meine Bewerbung an der UdK– warte mal, wie lang ist das? –, ach, ist ja auch egal! Das ist ganz große Kunst, I swear to god! YOU ARE A GENIUS! DANKE, DANKE!«

Ich freue mir ein Loch in den Bauch. Am liebsten würde ich

seine Message in Endlosschleife anhören. Seine Stimme klingt supernett, und es nervt kolossal, dass das Leben gerade so kompliziert ist und ich hier nicht wegkann. Aber wenigstens kann ich ihm eine Sprachnachricht zurücksenden: »Hi, Dancer! Cool, dass es dir gefällt! Falls du Lust hast, können wir gerne noch mehr Drehs machen. Ich hab nämlich gerade Zeit ohne Ende … Ähm, was ist ein Showreel?« Ich drücke auf Senden und warte ungeduldig auf Antwort.

Wieder sendet Dancer eine Sprachnachricht: »Ein kurzes Demo. Für die Musicalschule, bei der ich mich bewerben möchte. Wegen Corona finden dort gerade keine Auditions statt. Dafür wollen sie eine kurze Filmsequenz. Deine wäre perfekt. Wenn ich nicht ganz am Ende den Sprung verhunzt hätte.«

Ich finde nicht, dass das stimmt. Aber wenn er meint. Auf die Art kann ich noch mehr Videos mit ihm machen.

Wollen wir morgen noch mal drehen?

echt jetzt? voll gerne! das hilft mir total. besser als jeder spiegel!

Na dann. Wann immer du willst.

cool! selbe zeit, selber ort? ;-)

Ich werde da sein.

Mittwoch, 15:03 Uhr

Tatsächlich treffen Dancer und ich uns in den nächsten Tagen immer wieder um dieselbe Zeit. Die Links zur Musik schickt er mir meist vorab, damit ich schon mal in die Songs hineinhören kann. Wenn er dann loslegt, ist es, als würde sich die Musik erst durch seine Moves entfalten. Meist genügt eine Geste oder ein Blick, um bei mir Herzklopfen und Schnappatmung auszulösen. Ich weiß nicht, bei welchen Typen er sich das abgeschaut hat oder ob das alles auf seinem Mist gewachsen ist. Aber ich merke, dass es ihm verdammt ernst ist, mich – seinen einzigen Zuschauer – zu überzeugen.

Abends sitze ich dann stundenlang vor meinem Computer, um die Videos zuzuschneiden, oder einfach bloß, um mir die Streams noch einmal anzusehen. Mittlerweile habe ich raus, welche Moves ihm besonders leichtfallen und welche eher kritisch sind. Überhaupt habe ich bereits jetzt das Gefühl, ihn zu kennen, obwohl ich ihm noch nie persönlich begegnet bin.

Donnerstag, 14:59 Uhr

An Fliegen ist heute nicht zu denken. Es stürmt und der Regen prasselt gegen meine Dachluke. Vielleicht ist Dancer online?

Hey! Bist du da?

nein. bin mit ein paar freunden durchgebrannt.

???

war bloß ein witz. sitze zu hause und kriege die krise.

Das kenn ich. Geht mir genauso.

ich muss mich bewegen, sonst werde ich wahnsinnig!

Wie kommt man eigentlich auf die Idee mit der Musicalschule?

habe mit neun bei einem kindermusical mitgemacht.

Und dann war's um dich geschehen?

Ich warte ungeduldig, während Dancer eine Sprachnachricht aufnimmt. Eigentlich könnten wir ja auch telefonieren. Aber irgendwie bringe ich es nicht fertig, seine Nummer zu wählen.

»Hey, Ufo! Da muss ich jetzt etwas ausholen. Also: Ich durfte Gesangsstunden nehmen und Unterricht in Modern Dance. Meine Mutter war da ziemlich cool. Aber als ich zwölf war, haben sich meine Eltern getrennt. Ich musste zu meinem Vater. Der fand, das mit dem Singen und Tanzen sei rausgeschmissenes Geld. Überhaupt findet er alles scheiße, was ich mache. Wegen Corona ist er in Kurzarbeit und hängt zu Hause rum. Jetzt ist er richtig übel drauf.«

Ich denke über seine Worte nach. Vermutlich geht es vielen Leuten so, in dieser bescheuerten Zeit. Aber wenigstens hat er noch einen Job. Kein Grund, seinen Sohn herunterzuputzen.

Und du hast trotzdem
weitergemacht?

und ob! von dem lass ich mir
schon lang nichts mehr sagen.
wenn ich bei der udk genommen
werde, bin ich sowieso weg.

Wie, weg?

hab ein zimmer in aussicht.
in einer tänzer-wg.

Und was ist mit Schule?

wird total überbewertet. zehn
jahre reichen vollkommen.
und du?

Ich weiß noch nicht so genau.
Vielleicht mach ich was mit
Politik.

mal eben schnell die welt retten?
:-)

Warum nicht?
Bin bei Fridays for Future.
Globaler Klima-Protest und so.

cool. vielleicht sollten wir mal
was zusammen machen. einen
flashmob oder so? du kannst uns
dabei filmen und es bei ins-
tagram posten.

Während Corona?! Schon mal was
von Social Distancing
gehört?

ach, stimmt. hatte ich total vergessen. aber danach?

Wenn es so was wie ein Danach gibt …

come on, fynn, der schwarzmaler, life is easy!

Weiß nicht. Hab gerade nicht den Eindruck …

ich geh tanzen. kommst du dazu?

Jetzt??? Aber es regnet!!!

Egal!

Du bist verrückt!

Ich weiß.

Eine halbe Stunde später bekomme ich ein verwackeltes Video von Dancers Dachterrasse. Es ist nur achtzehn Sekunden lang und ich sehe nichts als die Pfützen auf dem grauen Beton, Dancers Turnschuhe und für einen winzigen Augenblick sein tropfnasses Gesicht. »Hey, Fynn! Es ist wunderbar! Woooohooo!«, brüllt er, während der Regen im Hintergrund prasselt.

Sofort startet bei mir das Kopfkino: Dancer im Regen. Wasser spritzt, während er tanzt. Tropfen rinnen über sein Gesicht und in sein Shirt, das am Körper klebt wie eine zweite Haut. Darunter arbeiten seine Muskeln …

Freitag, 15:07 Uhr

Ich halte Ausschau nach Dancer, aber er kommt nicht. Eine Weile schwirre ich um seinen Plattenbau und versuche, einen Blick durch die Fenster zu erhaschen. Doch ich bin mir nicht sicher, in welchem Stockwerk er wohnt, und ich möchte kein Aufsehen erregen. Mit leisem Bedauern kehre ich zurück und packe den Kopter wieder weg. Einen Augenblick bleibe ich dann noch sitzen und sehe über die Dächer der Stadt. Das Wetter ist fantastisch, und es fällt mir jeden Tag schwerer, hier herumzusitzen.

Auch die anderen aus meiner Klasse sind frustriert. Ich lese es in ihren Tagebucheinträgen, die einige von ihnen bereits hochgeladen haben. Vielleicht ist das doch keine so schlechte Idee mit dem Tagebuch. Man sieht, dass es anderen genauso geht, und fühlt sich nicht ganz so allein. Trotzdem ersetzt es nicht das gemeinsame Abhängen nach der Schule, den Sport oder das Bier abends am Kanal.

Wie es danach wohl weitergeht? Wenn die Schulen wieder öffnen? Müssen wir dann alle mit Masken im Unterricht sitzen? Oder haben Plexiglaswände zwischen uns? Gibt es einen Verweis, wenn wir enger als eins fünfzig voneinander entfernt stehen? Einen Rausschmiss, wenn sich zwei im Schulhof küssen? Wird es ein neues Schulfach »Prävention und Hygiene« geben? Was wird mit unserem Abi? Werden wir der Corona-Jahrgang sein? Die Corona-Generation? Wird es überhaupt ein Danach geben? Vielleicht wird sich die Welt komplett verändern? Keiner kann garantieren, dass dann alles wieder so wie früher ist. Vielleicht finden sie keinen wirksamen Impfstoff. Oder erst, nachdem die

Hälfte der Menschheit ausgerottet wurde. Die ärmeren Länder werden die großen Verlierer sein. Und auch bei uns wird das System irgendwann in die Knie gehen. Es wird nicht mehr genug Fachkräfte geben und nicht mehr genug Intensivbetten und dann sterben die Leute einfach zu Hause.

Allein. Diese Vorstellung macht mich fertig.

Samstag, 17:33 Uhr

Mein Handy klingelt. Es ist Mira. Genervt drücke ich sie weg. Jetzt nicht!, denke ich und erhalte Herzchen und küssende Smileys. Außerdem ein Miss you. Für einen Augenblick packt mich das schlechte Gewissen, weil ich mich schon ewig nicht mehr bei ihr gemeldet habe. Aber Mira scheint Lichtjahre entfernt zu sein. Ich mag sie, keine Frage. Aber als Kumpel – nicht als Freundin. Ihre Herzchen und all das – es ist mir unangenehm. Und es geht mir auf den Sack.

Hey! Können wir telefonieren?

Unschlüssig tippe ich auf meinem Handy herum. Wie soll ich ihr bloß sagen, dass ich nichts für sie empfinde?

Sonntag, 21:17 Uhr

Ich erhalte eine Sprachnachricht von Dancer: »Hey, Fynn! Ich will dir jemanden vorstellen. Hey, Toby, say hello to my friend Fynn, das Ufo!« Ich höre eine zweite Stimme aus dem Hintergrund. »Hello, Fynn, das Ufo!«, ruft sie fröhlich. »Geile Videos!« Die beiden lachen. Dann wieder Dancers Stimme: »Ich hab Toby von dir erzählt. Jetzt will er unbedingt ein Date mit dir. Stimmt's, Alter?« Toby protestiert laut lachend im Hintergrund. Dann wieder Dancers Stimme: »Nein, ohne Scheiß, wir können es kaum erwarten, dich endlich live und in Farbe kennenzulernen. Also sieh zu, dass du deine Quarantäne rumkriegst und uns deine Aufwartung machst.« Jetzt höre ich Tobys Stimme ganz nah an Dancers Handy: »Und dann drehen wir gemeinsam ein Dirty-Dancing-Movie.« Die beiden prusten los und die Sprachnachricht bricht ab.

Ich starre auf das Display. Was für ein Film läuft hier ab? Oder haben die zwei was geraucht? Überhaupt: Wer ist dieser Toby? Bloß ein Freund von Dancer? Oder ist es am Ende – SEIN Freund? Ich meine, wäre doch möglich, oder? Ich merke, dass mich daran irgendetwas stört. Und dass es mich stört, dass mich daran etwas stört.

Könnte mir ja egal sein.

Ist es aber nicht.

Es frustriert mich. Kein Witz!

Oder bin ich einfach nur getriggert, weil Dancer Besuch hat, während ich in meiner Quarantäne-Zelle schmore?

Dienstag, 19:43 Uhr

Mira sendet mir ein Selfie. Sie mit Hundeblick und Schmollmund, während sie ein Herzkissen umarmt. Ich mag nicht mehr. Jetzt oder nie, Fynn!

Hi!

Ich hab nachgedacht.

Hi! Worüber? FFF? ;-)

Über das mit uns …

Ach was?

Ich glaub, ich will das nicht.

Du willst WAS nicht?

Irgendwie will ich gerade keine richtige Beziehung …

Mira versucht, mich anzurufen. Aber ich gehe nicht ran. Ich weiß, dass ich das nicht durchstehe. Ich bin ihr nicht gewachsen. Mit Worten, meine ich. Sie schickt mir eine Sprachnachricht. Ich rechne mit dem Schlimmsten und drücke dann doch auf PLAY. »Geh ran, Arschloch!«

Ich bin doch nicht lebensmüde! Wenn sie so in Fahrt ist, kann man ihr nur schriftlich begegnen. Hastig tippe ich eine Antwort.

Können wir einfach nur Freunde sein?!

Sie sendet mir eine ellenlange Sprachnachricht. Ich warte mit einem bangen Gefühl, bis sie endlich fertig ist, und überlege, ob ich mir das Ganze überhaupt antun will. Aber natürlich höre ich es mir dann doch an. Miras Stimme ist dunkel vor Wut und verletztem Stolz.

»Sag mal, worum geht's hier eigentlich? Freunde sein? Merkst du eigentlich, was du da schreibst? Fynn, wir sind einfach nur Freunde! Zumindest waren wir das. Bis gerade. Wieso bist du jetzt so ein Pisser? Okay, wir haben rumgemacht. Na und?! Unter einer richtigen Beziehung stell ich mir was komplett anderes vor! Aber vielleicht solltest du dir mal überlegen, was du willst. Du stehst dir nämlich selbst im Weg! Du eierst rum und weichst allem aus und versteckst dich hinter Phrasen und dem Zeug, das du dir angelesen hast. So richtig pseudointellektuell! Und jetzt verschanzt du dich auch noch hinter Corona! Das ist so erbärmlich! Und feige! Hast du mal in den Spiegel geschaut? Mach mal! Und dann überleg dir, wer der Kerl ist, der zurückschaut!«

Dienstag, 23:44 Uhr

Pseudointellektuell. Feige. Erbärmlich. Wo diese Frau hinschlägt, wächst kein Gras mehr. Ich werfe mich aufs Bett und vergrabe meinen Kopf unter dem Kissen. Fynn, das Arschloch, das mit Mira Schluss macht. Über WhatsApp. *Was für ein Idiot!*, höre ich die anderen sagen. Kann ich mich überhaupt noch bei Fridays for Future blicken lassen?

Irgendwie habe ich den Eindruck, als wäre ich immer nur

außen vor. Nie Teil vom Ganzen. Nicht bei Fridays for Future, nicht bei Dancer. Als wäre ich immer bloß der Mann hinter der Kamera. Der Typ, der die Welt durch ein Objektiv betrachtet.

Und der, der kneift, wenn er's verkackt.

Mittwoch, 01:56 Uhr

An Schlaf ist nicht zu denken. Ich fahre mit dem Gedankenkarussell im Kreis. Denke über Miras Worte nach. Was ist dran an dem, was sie mir vorwirft? Verstecke ich mich wirklich hinter Phrasen? Eier ich rum? Weiß ich nicht, wer ich bin? Ich glaube, das hat mich am meisten getroffen. Dass sie es so auf den Punkt gebracht hat. Aber weiß ich es wirklich nicht? Oder will ich es gar nicht wissen? Weil ich Schiss vor der Antwort habe. Und was ist das jetzt mit Dancer?

Mittwoch, 02:17 Uhr

Ja, was war das jetzt mit Mira?

Und was ist das eigentlich zwischen Dancer und mir?

Und wer zum Henker ist Toby?!

Mittwoch, 3:57 Uhr

Wenn dies meine letzten vierundzwanzig Stunden wären – mit wem würde ich sie lieber verbringen. Mit Mira? Oder mit Dancer? Eigentlich kenne ich ihn ja gar nicht. Aber irgendwie fühle ich mich ihm trotzdem viel näher. Wenn diese scheiß Quarantäne nicht wäre! Vielleicht würde ich mich dann mal mit ihm treffen?

Mittwoch, 06:56 Uhr

Heute bin ich der Loser des Tages. Ich weiß es, noch bevor ich mir das berüchtigte Thermometer aus dem Bad hole. Definitiv keine erhöhte Temperatur mehr. Aber gehört das schon zu den Symptomen? Habe ich mich angesteckt? Sicherheitshalber gebe ich meiner Mum Bescheid, nehme kommentarlos Klaras Glückwünsche entgegen und verkrieche mich wieder unter meiner Decke. Mein Schädel dröhnt, ich habe Kopfschmerzen wie nie zuvor in meinem Leben. Ich will, dass das alles vorbeigeht. Jetzt!

Mittwoch, 08:02 Uhr

Ich schrecke auf und weiß zunächst nicht, wo ich bin. Ich habe von Dancer geträumt. Ich war bei ihm auf dem Dach. Es hat geregnet und er hat getanzt. Immer um mich herum, bis mir ganz schwindelig wurde. Und dann hat er mich plötzlich geküsst. So richtig heftig, meine ich. Mit Zunge. Es war …

Ja, es war – schön.

Oje, jetzt drehe ich vollkommen am Rad!

Mittwoch, 12:36 Uhr

Unsere Ärztin weckt mich mit ihrem Hausbesuch. Sie sieht gestresst und übermüdet aus und kommt direkt zur Sache. Ohne Umschweife schiebt sie mir ein Stäbchen in die Nase und macht einen Abstrich. »Sobald Husten oder grippeähnliche Symptome hinzukommen, meldest du dich bitte in meiner Praxis«, leiert sie herunter.

Wie oft sie das wohl am Tag sagt?

»Das Ergebnis bekommst du in vierundzwanzig Stunden. Bis dahin gilt auch für dich: Selbstisolation. Du weißt ja jetzt, wie das geht.«

Sie lässt mir etwas gegen die Kopfschmerzen da und verschwindet sofort wieder. War ja klar, dass es mich irgendwann erwischt. Jetzt dauert es noch länger, bis ich hier wieder rauskomme!

Immer noch Mittwoch, 15:59 Uhr

Es ist absurd: Mittlerweile sitzt meine komplette Familie in Isolationshaft. Wir warnen uns gegenseitig vor, damit wir uns nicht begegnen, wenn einer von uns aufs Klo muss. Von gemeinsamen Mahlzeiten können wir alle nur noch träumen. Wer Hunger hat, holt sich was aus der Küche. Ich hab keinen. Den Tag verbringe ich in einer Art Dämmerzustand. Ich schlucke Kopfschmerztabletten und verpenne die Zeit. Vierundzwanzig Stunden können elend lang sein.

Immer noch Mittwoch, 22:22 Uhr

Ich fahre aus dem Schlaf, weil mein Handy summt. Die Kopfschmerzen sind verschwunden und ich fühle mich etwas besser. Trotzdem kann mich die Welt da draußen mal kreuzweise. Ich will das Handy schon ausmachen, als ich sehe, dass es Dancer ist. Mein Herz macht einen Satz.

hallo? jemand zu hause?

Hey …

ist dein ufo kaputt?

Nee, wieso?

ich hab dich vermisst. heute auf dem dach.

Du hast mich vermisst? Echt, jetzt?

klar! ;-)

Mich hat's erwischt.

shit! also doch?!

Es ist noch nicht amtlich. Aber mir geht's echt scheiße.

so sorry!!

Und du so? Was ist das
eigentlich mit Toby?

hä? was soll mit ihm sein?

Oh Gott, habe ich das gerade wirklich gefragt? Dancer kann sich doch treffen, mit wem er will! Schnell, ich muss das geradebiegen!

Doch Dancer kommt mir zuvor. Mein Handy summt. Unser erstes Telefonat und ich hab es schon in den Sand gesetzt! Mann, was sage ich jetzt bloß? »H-hallo, Dancer?«

»Fynn, das Ufo! Was war das denn gerade?« Dancers Stimme klingt eher amüsiert als verärgert.

»Vergiss, was ich eben gefragt habe, okay? Es tut mir leid.«

»Du denkst, dass ich was mit Toby habe, stimmt's?«

»Scheiße, das ist mir jetzt echt peinlich!«

»Mach dich locker, Fynn! Toby ist so was von hetero! Bei dem hab ich keine Schnitte!«

Ich weiß nicht, was ich darauf sagen soll. Ich merke, dass ich total erleichtert bin. Gleichzeitig beunruhigt es mich, dass mich das so dermaßen mitgenommen hat. Womöglich ist das nur die Spitze des Eisbergs?

»Hallo? Noch da?«

»Sorry, ja. Ja, ich bin noch da.«

»Toby und ich, wir kennen uns schon ewig. Er ist einer der wenigen Heteros, mit denen ich befreundet bin. Wenn du's genau wissen willst: schon seit der Grundschule.«

Ich presse das Handy an mein Ohr und hoffe, dass Dancer nicht hört, wie laut mein Herz schlägt. Das Ganze ist mir extrem unangenehm.

»Fynn?«

»Ja?«

»Bist du okay?«

»Ich glaub schon. Aber es ist alles so verwirrend ... Seit wann – ich meine, seit wann weißt du es?«

»Was? Dass ich schwul bin?«

Ich schlucke, nicke und merke im selben Augenblick, dass er das ja gar nicht sehen kann. Also gebe ich ein zustimmendes »Mhm« von mir.

»Du weißt es eben irgendwann. Die einen wissen es früher. Die anderen brauchen ein bisschen länger.«

»Willst du damit sagen ...?«

»Dass es meist schneller geht, wenn du jemanden zum Quatschen hast.«

»Okay ...«

»Du könntest mit mir quatschen.«

»Ich ...«

»Na los! Trau dich einfach!«

Ich schlucke, hole tief Luft. Überlege, wo ich anfangen soll. »Wie alt warst du, als du es herausgefunden hast?«

»Ich glaube, das war in der Grundschule. Oder ein bisschen später. First Love jedenfalls mit fünfzehn. He broke my heart ...«

»Oh, das tut mir ...«

»Ach, vergeben und vergessen. Jedenfalls, bis es dazu kam, habe ich eine ganze Weile gebraucht. Du wachst eben nicht einfach so auf morgens und stellst fest, *Holla die Waldfee! Ich bin ja schwul!*«

»Das würde es wenigstens etwas einfacher machen ...«

»Ach, na ja. Es ist eben ein Prozess. Nach und nach hab ich kapiert, dass es okay ist. Es ist ein bisschen so wie mit der Augenfarbe. Du kannst nicht bestimmen, welche Farbe du hast. Aber es ist deine Entscheidung, wie du damit umgehst. Du kannst ewig mit Kontaktlinsen rumlaufen. Aber, ganz ehrlich? Ich mag meine Augenfarbe. Welche Farbe haben deine Augen?«

»So Grünbraun, irgendwie. Mit Sprenkeln.«

»Okay, müsste ich mal sehen …«

Flirtet er da gerade mit mir? Ich spüre, wie ich rot werde. »Hast du mit anderen darüber geredet? Also darüber, dass du schwul bist?«, frage ich hastig, um meine Verlegenheit zu verbergen.

»Klar! Zum Glück hab ich Freunde, die mich so akzeptieren, wie ich bin. Und Freundinnen – falls du es genau wissen willst.«

Mira kommt mir wieder in den Sinn und das schlechte Gewissen meldet sich. Ich sollte wirklich noch mal mit ihr reden. Vielleicht würde sie es sogar verstehen? Ich will sie nicht verlieren – als Kumpel. Und die Leute von Fridays for Future auch nicht. »Und deine Eltern?«

»Mein Vater hat ein Riesenproblem mit Schwulen. Aber irgendwann hat sogar er es akzeptiert. Na ja, mehr oder weniger. Er findet ohnehin alles, was ich mache, scheiße. Und damit hält er auch nicht hinterm Berg.«

»Oh Mann …«

»Ach was. So weiß ich wenigstens, woran ich bin.«

»Ehrlich gesagt, ich weiß überhaupt nicht mehr, was Sache ist.«

»Lass dir Zeit!«

»Das sagt sich so.«

»Nein, im Ernst. Richtig ist, was dich glücklich macht. And by the way: Es ist nicht das Ende der Welt. Es ist erst der Anfang.«

Donnerstag, 9:33 Uhr

Ich wache auf, weil mein Handy summt. Doch es ist nicht Dancer. Es ist eine fremde Nummer. »Hallo?«, krächze ich, noch vollkommen verschlafen. Es ist die Praxis meiner Hausärztin. Ich fahre senkrecht in die Höhe. Die Frau am anderen Ende teilt mir mit, dass mein Corona-Test negativ ist. Ich brauche einen Moment, um es zu kapieren. »Äh, und wie lange muss ich jetzt noch …?«, stottere ich und versuche, meine Gedanken zu sortieren.

»Das Gesundheitsamt wird sich bei Ihnen melden. Bitte bleiben Sie solange noch in häuslicher Quarantäne.«

Ich stammle ein »Alles klar«, aber da hat sie bereits aufgelegt. Mein Puls rast, und er legt noch einen Zahn zu, als Klara wenige Augenblicke später in mein Zimmer stürmt. »Hast du es schon gehört? In achtundvierzig Stunden ist unsere Quarantäne abgelaufen!«

Ich nicke stumm. Kann es immer noch nicht fassen. Ist es möglich, dass …?

Ich google die Seite des Robert-Koch-Instituts. Die Karte ist dunkelrot und die Zahlen steigen nach wie vor. Doch immerhin darf man sich mit einem weiteren Haushalt treffen.

Dancer! Ich muss es Dancer erzählen!

Freitag, 11:00 Uhr

»Post für dich.« Klara wirft mir einen Umschlag auf meinen Schreibtisch. Er ist nicht frankiert, also muss ihn jemand bei uns eingeworfen haben. Der Absender sagt mir nichts. Ich reiße den Umschlag auf und falte das Papier auseinander. Es ist ein Foto: ein Typ auf einer Bühne, im Lichtkegel eines Scheinwerfers. Darunter steht in schwungvollen Buchstaben:

Hey, Fynn,
meet me for CRD!
Saturday, 18:00 Vincent

Ich sehe mir das Bild noch mal genauer an. Dann erkenne ich ihn. »Vincent«, flüstere ich und streiche behutsam das Foto glatt. Der Name hallt in mir nach, als säße ich unter einer großen bronzenen Glocke. Mein komplettes Inneres dröhnt. Es fühlt sich gut an, seinen Namen zu sagen. »Vincent«, wiederhole ich. In diesem Augenblick summt mein Handy.

you've got mail!

Vincent!

ah, du hast es schon gesehen.

Was ist CRD?

christopher roof day.

???
Christopher was?

hab ich gerade erfunden.
extra für dich.

LOL

hey! ich rechne fest mit dir!

Samstag, 17:12 Uhr

Ich habe beschlossen, meine Schwester einzuweihen. Vincent ist heute später als sonst. Trotzdem rufe ich Klara in mein Zimmer.

»Was ist los?«, will sie wissen und klettert aus der Dachluke, um sich gleich darauf neben mir niederzulassen. Es geht ihr besser. Zumindest glaube ich das. Sie hat Bier mitgebracht und bietet mir eins an.

Ich schüttle den Kopf. Ich bin viel zu aufgeregt. Sehe zum Plattenbau rüber, wo Vincent jeden Augenblick auftauchen müsste. »Warte«, sage ich. Wir sitzen eine Weile einfach nur da und schweigen. Als er kommt, kann ich nur stumm zu ihm rüberzeigen. Diesmal trägt er ein unverschämt eng sitzendes schwarzes Shirt, eine schwarze Hose, die knapp über den Knöcheln endet, und einen Hut.

»Wer ist das?«

»Wart's ab«, sage ich noch einmal. In meinem Hals wird es eng, denn Vincent macht gerade ein paar Stretchings. Dann legt er los. So wie er es jeden Tag tut. Dynamisch. Elektrisierend. Und ja: sexy.

»Hier. Jetzt kannst du ihn aus der Nähe betrachten.« Ich halte Klara den Flight Controller hin, damit sie auf das Display sehen kann.

Klara zieht hörbar die Luft ein. »Nice! Kennst du den?«

Ich sage nichts. Mein Herz ist voller Fragen.

»Fynn?« Klara stößt mir ihren Ellenbogen in die Rippen.

Ich schlucke trocken. »Klara, ich glaube, ich bin schwul«, sage ich schließlich und stelle fest, dass meine Stimme zittert.

Klara sagt nichts. Sie sieht mich von der Seite an. »Und?«, fragt sie schließlich.

Ich starre sie an. »Wie, und?«

»Soll mich das jetzt schocken oder was?«

Sie deutet in Vincents Richtung. »Bei dem wäre ich an deiner Stelle auch schwul.«

»Mann, ich mein's ernst!«

»Hey, ich auch!« Klara lässt Vincent nicht aus den Augen. »Geschmack hast du jedenfalls.«

Mein Blick wandert hinüber zum Plattenbau. Gerade macht Vincent wieder einen seiner unglaublichen Sprünge, bei denen mir jedes Mal die Luft wegbleibt.

»Hat er auch einen Namen?«

»Dancer«, bemerke ich, ohne den Blick von ihm zu wenden.

»Als ob!« Klara gibt mir einen Stoß. »Und wie heißt er wirklich?«

»Vincent«, sage ich und muss mich räuspern. »Wir chatten hin und wieder.« Es sollte lässig klingen. Aber Klara kennt mich zu gut.

»Ihr chattet.« Ihre rechte Augenbraue schießt in die Höhe. »Komm schon, Bruderherz! Ein paar Details!«

»Er will Tänzer werden. Musical und so. Jetzt übt er für die Aufnahmeprüfung. Ich habe ihn beim Fliegen kennengelernt. Und dann regelmäßig besucht. Also, natürlich nur mit dem Kopter. Ein paarmal habe ich ihn gefilmt. Er sagt, es hilft ihm, damit er seine Fehler korrigieren kann.«

»Soso.« Klara lächelt vielsagend. »Jetzt ist mir auch klar, wieso du mich jedes Mal aus deinem Zimmer schmeißt.«

»Er möchte, dass wir uns treffen. Heute. Jetzt, gleich.«

Klara wirft mir einen auffordernden Blick zu. »Und worauf wartest du dann noch?«

Mein Magen zieht sich zusammen. »Ich weiß nicht. Es ist alles so …«

»… anders?«

Ich nicke.

»Und?«

»Ja, nix und. Anders halt.« Ich weiche Klaras Blick aus und konzentriere mich wieder auf das Fliegen. »Ey, ich hab total Schiss!«, gebe ich schließlich zu.

»Wovor denn?«

»Vor dem Anderssein. Und dass andere mich komisch finden. Dass die mich – keine Ahnung – nicht akzeptieren, so wie ich bin.«

»Dann musst du dir eben die richtigen Freunde suchen.«

Ich schnaube genervt. »So etwas Ähnliches hat Vincent auch gesagt. Aber woran erkenne ich die? Soll ich vielleicht hingehen und sagen: ›Hey! Ich bin Fynn und schwul. Und ihr so?‹«

»Blödsinn! Dass du schwul bist, ist doch nur für den wichtig, mit dem du zusammen sein willst. Alle anderen sollen dich einfach so nehmen, wie du bist. Im einundzwanzigsten Jahrhundert braucht man da kein Theater wegen zu machen.«

»Das sagst du so!« Ich frage mich, ob es wirklich so einfach ist. Dass Homosexuelle seit Jahrhunderten und in allen Ländern dieser Erde diskriminiert werden, habe ich mir schließlich nicht ausgedacht.

»Oh, guck mal, wie süß!«, ruft Klara plötzlich und hält mir das Display hin. Der Kopter schwebt über dem Gartentisch. Dort steht ein Blech mit Cupcakes, das mir wohl in der Aufregung entgangen ist. Vincent nimmt einen der Cupcakes, beißt ab und hält ihn in die Kamera. Ich sehe weißes Frosting mit bunten Zuckerstreuseln. Dort wo er abgebissen hat, ist der Teig türkis, rot und gelb.

»Das sind Regenbogen-Cupcakes!«, ruft Klara. »Voll cool!«

Ich sehe zum Plattenbau rüber, wo Vincent mir Zeichen gibt, zu ihm rüberzukommen. Ich stelle mir vor, wie ich neben ihm stehe und wie wir gemeinsam auf unsere Stadt und ihren Fernsehturm blicken. Und wie wir beide das Gefühl haben, ein Teil vom großen Ganzen zu sein.

»Jetzt hau schon ab!«, unterbricht Klara meine Gedanken.

Ich rufe den Kopter zurück und klettere durch die Dachluke in mein Zimmer. Klara folgt mir. »Wie sehe ich aus?«, frage ich unsicher.

»Du siehst gut aus, Bruderherz! Wie jemand, der endlich weiß, was er will«, sagt Klara und grinst mich an. Ich grinse zurück. Und dann mache ich mich auf den Weg. Zu Vincent, zu den Cupcakes und in eine Welt, die bunter ist, als ich es bisher angenommen habe.

Natürlich magellan©

FSC
www.fsc.org
MIX
Papier aus verantwortungsvollen Quellen
FSC® C083411

Wir pflanzen Bäume
Für unsere Umwelt
www.magellanverlag.de

FAIR
PRODUZIERT
www.magellanverlag.de

Hergestellt in Deutschland
Gedruckt auf FSC®-Papier
Lösungsmittelfreier Klebstoff
Drucklack auf Wasserbasis

1. Auflage 2021

Text »Ein zerbrochenes Herz ist ein zerbrochenes Herz ist ein zerbrochenes Herz«: Ruth Rahlff
Text »Rot ist die unbequemste Farbe«: Anne Hoffmann
Text »Nicht in diesem Universum«: Andreas Thamm
Text »Davor/Danach«: Mario Fesler
Text »Liebe in Zeiten von Corona«: Antje Leser
Umschlaggestaltung: Christian Keller unter der Verwendung von Motiven von shutterstock / Arina Gladyisheva / Juliana Brykova
Aus dem folgenden Werk wird zitiert:
Wedekind, Frank: Frühlings Erwachen. Eine Kindertragödie, Husum 2019
ISBN 978-3-7348-5052-3
Druck: CPI, Leck

www.magellanverlag.de